CHARLES FICAT

La colère d'Achille

roman

BARTILLAT
2, rue Crébillon 75006 Paris

Oui, quelqu'un plus tard se souviendra de nous.

SAPPHÔ

Demi-dieu

La fureur m'envahit, voilà longtemps que je suis mort. Je regrette le monde des vivants, que jadis je bravais, tuant sans pitié. Inlassable, je répondais aux appels du destin, seule autorité à laquelle j'ai obéi, pour aujourd'hui me morfondre aux Enfers dans un séjour qui n'aura pas de fin. Fantômes, spectres, trépassés peuplent mes heures. Ici, il n'arrive rien. Chaque fois que j'invoque cette traversée de la vie, les larmes me montent aux yeux. Dans quelle pièce j'ai joué, quel rôle ! Une tempête sur l'océan, un cyclone dans la plaine, une éruption volcanique. J'en souris pour calmer la colère épuisante qui me reprend quand j'y songe. J'ai beau être mort, mon caractère n'a pas changé.

Mon cri se perd dans le chaos de la nuit. La lâcheté a tout envahi. J'ai osé dresser la voix. Mon présent rejoint l'éternité. J'ai brûlé les frontières, éprouvé l'infini, étreint l'invisible. Mon âme s'est enivrée d'interdits. Renversés, les maîtres ! En déroute, les armées ! Tranchée d'effroi, la gorge de mes ennemis ! J'ai aimé dans la douleur et dans la joie.

Le passé, cette histoire, s'écrit en lettres d'or. Il nourrira la mémoire des hommes. C'est pour eux que j'entonne ces chants. Afin qu'ils se rappellent un guerrier que la terre a porté, soumis à ses nerfs, livré à la force brute. J'ai trop méprisé la mort. Que n'ai-je voulu l'entendre s'approcher ? Elle dansait sa ronde macabre. Je l'ai embrassée et caressée. Les dieux m'ont lâché, alors elle m'a pris. En retour ils m'ont offert une postérité bâtie à coups de lance et brillante d'un astre pur dans la voûte céleste des héros. Mon nom scintille là-haut, mon âme gémit sous terre.

Pauvre de moi, accablé, magnifique, en proie à toutes les désillusions. Je sais maintenant combien j'aimais la vie. Je l'ignorais alors, lui préférant le prestige. Les jours ont leur éclat et les lumières de la renommée soutiennent tôt ou tard les grandes actions. Le dilemme : mourir jeune et glorieux ou bien vivre longtemps dans l'ennui. Sans réfléchir à deux fois, je me suis engagé dans une voie selon ma nature. L'idée d'une autre issue ne m'a pas même effleuré.

Ma colère n'a jamais passé. Je suis né avec. Je l'ai toujours portée comme une chaîne. Elle soulève des torrents d'amertume.

Elle provoque encore mon malheur et ma tristesse. Le sang qui m'anime nourrit une rage contre l'autorité.

Jamais scandale ne fut aussi grand. Les chefs craignent de s'avancer dans la bataille : ils profitent de la vie des autres qu'en toute indifférence ils envoient se faire tuer. J'ai refusé d'être à leur solde. Le courage est ma seule part d'honneur.

Voilà ce qu'il en coûte d'avoir été enfanté par une déesse. Les plus grands dieux ont convoité ma mère. Quand l'oracle leur annonça que le fils qui naîtrait de cette union surpasserait son père, même Zeus et Poséidon renoncèrent à elle. Est-ce sagesse lorsque la prudence prime sur le désir ? L'amour inconditionnel emporte tout sur son chemin : il mène à la folie et à la beauté l'âme ardente, en quête d'infini. Pourquoi les dieux seraient-ils épargnés ? Eux aussi sont lâches, petits princes confortés dans leur domaine.

Alors ma mère se tourna vers un mortel qui l'engrossa. Il comptait parmi les plus braves. Sept fils de lui ont vu le jour. Six ont péri, sacrifiés par l'inconscience de la déesse : elle désirait nous rendre immortels, en nous oignant d'ambroisie le jour et en nous recouvrant de braise la nuit. Lorsque ce fut mon tour, mon père prit peur et m'enleva. J'ai survécu grâce à lui : sa vigilance m'a sauvé des flammes. Je ne devais plus voir ma mère de longtemps.

Des liens troubles nous unissent. Elle m'adore sans me comprendre. Mon destin l'a toujours contrariée : elle me rêvait sage et paisible, alors que je m'emporte à la moindre occasion. Je n'en veux ni à l'un ni à l'autre de mes parents. Nos trois natures nous isolaient chacun et rendaient toute réunion impossible. Dans la solitude, j'ai recherché une constante affection.

Cette naissance bancale m'a précipité dans les gouffres et laissé dans les abîmes. Des forces troubles m'ont guidé. J'ai traversé pics et crevasses, fleuves et torrents, monts et déserts. La lutte fut permanente : contre les hommes, contre les éléments, mais au-dedans de moi aussi. L'écartèlement a marqué ma naissance et mon destin. Cruelle condition, singulière, solitaire, noble. Désolation et lumière du héros. Noire mélancolie qui gagne mon cœur chaque fois que je pense aux origines de cette incroyable génétique.

Ni tout à fait un dieu, ni tout à fait un homme, que suis-je ? Les demi-dieux sont mortels et leurs actes éternels. Instables, ils errent en quête d'une place. La famille des dieux, non plus que celle des hommes, ne leur convient. Quel monde aurait été fait pour moi ? Je regrette la terre des vivants devant cet univers de trépassés où je pleure. J'ai dû partir. Je n'ai pas survécu. Le banquet n'était pas achevé, j'avais déjà fait mon temps. Mon rôle n'avait plus de sens. Tel est le destin du demi-dieu : une existence brève et orageuse. Le drame gît là. Entre des joies infinies et des douleurs infinies, mon cœur chavire. Il saisit l'offrande qui se présente, cueille la figue sur la branche et hurle dans la peine.

J'ai accompli ma destinée comme une folle marche funèbre, ressentant chaque jour davantage les reflets du monde invisible qui m'aveuglaient. La pesanteur n'avait plus d'effet sur moi. Toujours présents en mon esprit, à n'importe quel moment, le dépassement, la victoire sur soi-même, l'extase.

Je devinais trop bien l'issue qui m'emporterait. Mon courage n'avait d'égal que mon angoisse. Pas la peur du vieillissement ni la crainte du jugement des dieux. Non, l'angoisse qui s'agitait en ma chair traversait le tunnel du néant, le triomphe du vide. Ainsi il pouvait ne rien y avoir après la vie. Je m'inquiétais à cette idée. Et que devenait la poésie ? Où le chant allait-il se perdre ?

Héros sans avenir, prince de toutes les iliades, victime de toutes les guerres, mon nom est Achille.

La vie sauvage

Mon éducation ne ressembla pas à celle des autres hommes. Après le départ de ma mère, occupée à ses intrigues et ses caprices, je fus placé sous la protection de Chiron le centaure, renommé à travers toute la Grèce. À chaque instant de ma brève vie surgit le fantastique. Le surnaturel accompagnait mes pas. Auprès du plus rare des centaures, si doux, si sage, si bienveillant, la nature me devint proche et familière. Comme à de nombreux héros grecs avant moi, Chiron m'enseigna les arts de la guerre. Il fit de l'enfant que j'étais un jeune homme. Il accompagna les métamorphoses de mon cœur et de mon corps. Rien n'était médiocre chez lui : en toute occasion, il savait se montrer magnanime. Il transmettait le meilleur de son expérience. Aucune trace en lui de l'égoïsme et de la frivolité des dieux.

Son souvenir suscite toujours des larmes de tendresse. Dès les premiers jours, sur le mont Pélion, agrippé à son dos, je chevauche les vastes contrées alentour. Lorsque je le quitte, après plusieurs années, ma course le dépasse : il a démultiplié mes forces. Le plus grand des maîtres de vie, professeur d'énergie, bloc de sagesse, il me révéla.

Chiron m'apprend les rudiments de la lutte. Ses principes d'instruction s'adressent à l'être entier : l'âme, l'esprit, le corps. Sa philosophie invite au respect des dieux, à l'invocation des puissances qui sous-tendent le monde, à la vénération du sacré omniprésent dans la nature. Des forces noires bouillonnent en mon sein pour me dresser et me faire refuser la soumission. Je sais jusqu'où aller dans l'outrance et m'arrêter avant l'irréparable. Le destin m'a rattrapé : le malheur m'encercle aujourd'hui. Le vieux Chiron de ma jeunesse me manque.

Devant son intelligence, mon esprit exulte. L'art de la guerre ne souffre aucune imprécision. Mes sensations s'affirment à son contact. Mon horizon s'accroît. Très vite, je monte à cheval, tire à l'arc, atteins les plus féroces bêtes sauvages. Grâce à lui, rien ne m'effraiera. Et si des colères viennent à m'emporter et que la mort se présente dans sa majesté, alors je m'offrirai à elle. Je ne doute pas que les règles de la lutte me servent prochainement. L'heure de la guerre, de la grande guerre, de la plus grande guerre que la terre s'apprête à connaître, va aussi sonner pour moi et je m'y serai préparé. La bataille convoque la jeunesse comme l'océan appelle le marin. Des sirènes élèvent la voix et toute volonté se soumet à la force du chant.

La science très vaste et très profonde de Chiron ne se limite pas à l'art militaire. Il m'enseigne la musique, la flûte et la cithare, la poésie et l'harmonie. Son esprit bienfaisant et généreux connaît aussi les secrets de la médecine. La santé, comme les jardins, mérite les plus délicates attentions. Un oubli mène vite au désastre. Bien portant, on néglige la chance de son état ; malade, on ne cesse de s'en plaindre. En temps de guerre, le soldat doit savoir guérir les blessures. L'humanité s'accomplit en se construisant le corps le plus beau et l'âme la plus complète.

Mi-homme, mi-cheval, Chiron prône la chair. Le guerrier la préserve avec soin. Pour me renforcer, le centaure sert un régime particulier : entrailles de lion, sangliers sauvages et moelle d'ours qui accroissent mon courage. Rayons de miel et moelle de faon me rendent plus rapide à la course. Des olives et du lait de brebis, pour leurs vertus, comblent mon estomac.

Que de jours bénis et vibrants je lui dois ! Sur les monts, à travers les plaines, au-delà des fleuves, il chevauche, je cours après lui. Mes jambes sont ma force. Achille aux pieds rapides, me surnomme-t-on. La vie trépide à mesure qu'elle file. Je veux la dépasser et bondir encore plus vite qu'elle. Mon existence ne sera qu'une accélération funèbre vers la mort.

Dans ce monde immense et sauvage, la frénésie guide nos pas. Nous galopons dans la joie et l'amitié : cadences effrénées vers les ondes fraîches. Pas une montagne, pas une prairie ne nous arrêtent. Avec le centaure, j'approche des secrets de la nature : le fourmillement de la vie, l'épaisseur des forêts, la vigueur des vents, le vertige des ciels, l'éclat des astres. J'admire la profondeur et la sagesse de cette créature, en même temps que sa force alimente la mienne, au point de me façonner à son idée.

Ces instants de ma jeunesse me marquent à jamais. J'en conserverai la nostalgie des purs commencements. Les soirées passées dans la grotte profonde annoncent ce séjour ténébreux parmi les ombres des Enfers. Domptées, mes peurs, pas l'ennui, qui triomphe aujourd'hui dans ma misère.

La nature me manque. Où sont les mille échos de la nuit ? Hiboux, chouettes et chauve-souris, quel concert que vos bruissements ! Ouverture de mes rêves, orchestre symphonique, cohorte d'oiseaux, vous élancez mes songes vers les cimes des arbres qui touchent au ciel. Plus rien ne m'effraie, pas même le destin et ses épreuves inconnues.

Monstre sublime, prince des centaures, Chiron, tu te méfies des hommes, de leurs sentiments, de leurs pratiques. « Garde-toi de leurs calculs. Élargis ton cœur à l'amour », me répète-t-il. L'esprit du combat m'a animé jusqu'au dernier souffle. Je suis tombé sur une lâcheté. Ton souvenir et l'idée de nature me consolent.

Ah ! si le temps pouvait s'arrêter, se fixer dans l'éternité de cette vie pure et sauvage ! Troie cependant m'attendait : mon supplice et ma gloire. Pouvais-je rester cet enfant caché, béni par les rayons du mont Pélion ?

Rapide comme l'aigle, agile comme le renard, intraitable comme le loup, je m'accorde à cette vie. J'escalade les montagnes, saute dans les airs, frôle les nuages et redescends déçu de n'avoir pu saisir les étoiles.

Mes sens jouissent de cette liberté. L'heure des grands duels n'a pas sonné. Je suis si éloigné du cercle des hommes. Je les comprendrai trop peu. Chiron m'offre ce qui m'est le plus cher. Bien que j'ai l'apparence humaine, cette espèce qu'il déteste, il me prodigue affection. Je l'imite dans ses pas, dans ses actes, dans ses raisonnements. Aucun être n'est si doux et si brave. Je lui dois tant, je lui dois tout : la rapidité et la mesure, la force et la retenue, la colère et le silence.

Nous nous baignons dans les fleuves, laissant les ondes des courants nous emporter au loin sous les ombres noires des feuillages, quand il ne nous arrive pas, par défi, de remonter jusqu'à la source. Plusieurs fois, la déesse bleue nous est apparue en sa nudité.

Sa chevelure descend jusqu'à ses hanches parfaites. Sa gorge scintille dans les eaux. La perfection de son corps jaillit en évidence dans le tableau de la nature. Depuis cet instant, elle n'a jamais quitté mon esprit.

Accroché aux lauriers pour m'assurer de la réalité de cette vision, je ressens les vertiges des états d'ivresse. Les mondes se télescopent. La part divine me dévore. Le feu me dévaste.

Lorsque nous touchons les cimes de la beauté, le cœur disponible, le bonheur à son zénith, les oracles surviennent. Il faut accepter la chute et la fin. Je n'ai pas encore réalisé les exploits qui laissent ma trace dans l'histoire. Que faire sinon quitter la Thessalie, Arcadie secrète, ce luxuriant mont Pélion et accomplir ma destinée ? Les trompettes du rassemblement vont retentir et je sais qu'elles sont pour moi.

La colère d'Achille

De Chiron, je ne garderai que la lance de frêne, offerte à mon père, que seul je peux porter, gage de ces temps où naquit ma vocation. Je saurai m'en servir le moment venu.

L'école des filles

Adieu Pélion ! Le séjour s'achève comme un été : dans la douceur d'une joie mâtinée de tristesse. Je dois parfaire l'apprentissage de la connaissance qui rehausse l'action. Chiron m'a ouvert le monde, Phénix m'en révèlera les nuances : les arts du gouvernement et de la diplomatie n'auront plus de secrets pour moi. Comme mon père en son temps, je suis appelé à prendre un jour la tête des Myrmidons, peuple vaillant, honneur de la Grèce. Devenir roi, achever l'initiation, percer les mystères au risque de son âme. Tout ira très vite, ma vie ne peut souffrir l'approximation des sentiments ou des intentions.

Mon père me ramène à Phthie, en son royaume. J'y découvre le monde de la ville, ordonné et mécanique. Les gens y remplissent leurs tâches avec application. Emploi louable et valeureux, mais tout cela me semble triste à mourir. Où est la vie sauvage ? Je n'aspire qu'aux exceptions, aux gestes qui traversent les siècles. Je regrette aujourd'hui cette vie paisible, maintenant que je hurle ma douleur aux Enfers. La frénésie magnifique ne prépare pas au séjour glacial des ombres. J'ai joui des perspectives infinies offertes par la fortune, j'ai trop ignoré les lendemains de la mort.

Je n'ai pas ma place à Phthie. L'enfant que je suis supporte mal les intrigues qui se nouent dans le palais de mon père : arrangements, compromissions, corruptions. Je m'accorde plus aux explications franches et robustes. La finasserie me pèse. Les échanges sont retardés par d'inutiles protocoles. Je languis, je me traîne, je suis fait pour les cadences et les rythmes. Ici j'en suis loin. Les seuls instants sublimes dans cette cité, je les dois à Patrocle, l'être qui me fut le plus cher sur terre.

À peine l'ai-je aperçu, que je veux être son ami. Plus âgé que moi, il joue le rôle d'aîné. Que de souvenirs d'amitié son visage éveille en moi ! Le jeune garçon découvre un frère d'armes. Je devine nos destins liés par le caractère et les sentiments. Les épreuves de la guerre nous rapprocheront. Cette amitié de jeunesse s'épanouit dans sa dimension tragique et sublime grâce au terreau pétri en ces années. Ensemble, nous nous entraînons aux exercices de la lutte. Très vite, en force, en agilité, en discernement, je me révèle plus capable que lui. Ma puissance touche à une ampleur inégalée. Seule une volonté surhumaine, divine, peut mettre un terme à ma vie. Patrocle n'en sait rien, insouciants que nous sommes, aimantés l'un par l'autre. Promesse d'avenir, le séjour à Phthie nous berce d'une lumière grecque.

Ma mère, soudain, craint pour ma vie. Elle veut interrompre cette période d'études menée sur le mont Pélion puis à Phthie, écoles de guerre qu'elle abhorre. Les travaux et les jours des centaures exposent à des dangers que les hommes ne peuvent supporter. Le tempérament de guerrier qui perce déjà dans mes traits l'effraie. Déesse, elle ignore tout des logiques humaines. Pour elle, la gloire n'est que le soleil des morts, elle préfère la lune des vivants.

Elle me retire d'un monde où j'apprends les principes de la guerre, ma vocation. Elle n'a jamais aimé Chiron, malgré l'attachement profond qui s'est noué entre lui et moi. Le temps finit par créer des liens indestructibles. D'esprit et de cœur, je suis devenu centaure. Jamais mortel n'a autant bénéficié des forces tourbillonnantes de la vie. Ces règles d'enseignement, ces réflexes de combat valent d'inestimables trésors. Ils concourent à l'éclat de nos armes. L'heure sonne. Ces mois passés dans la caverne ne forment que le prélude à d'autres heures, d'autres rendez-vous. L'histoire frappera et j'y serai associé.

Arraché à Patrocle, à notre amitié naissante, je m'éloigne à contrecœur. Il me faut partir malgré moi. Départ dans l'affliction, larmes d'adieu, cœur lourd. Nous nous retrouverons compagnons dans la plaine de Troie. Envolés, les jours heureux, évanouis, les bonheurs quotidiens. Adieu mont Pélion, chevauchées, courses, frissons ! Adieu Phthie et les douces heures de l'étude qui ont comblé mon esprit.

Craignant trop pour mes jours, Thétis m'envoie vers Skyros chez Lycomède, à la cour peuplée de jeunes filles. Dans la douleur, j'accepte la décision. La force de la révolte ne gronde pas encore en mon cœur. Les lois du destin m'ont toujours guidé. Cet intermède est l'ultime antichambre avant le temps des luttes. Chapitre paisible de ma vie.

À Skyros, je comprime mes forces. Elles se déchaînent. Mes sens et mon corps s'affirment. Habillé et coiffé à la manière d'une fille, personne ne me reconnaît. Seul le roi, averti par ma mère, sait mon nom.

Un jour que nous avons quartier libre, je pars avec Déidamie, fille de Lycomède, sur les hauteurs de Skyros. Jamais je n'ai aussi intensément ressenti les caresses du soleil. Pour la première fois, le contact des rayons sur ma peau gonfle mes muscles. Une sève nouvelle m'emplit. Ma camarade souffre de la chaleur grandissante. Nos tuniques nous étouffent jusqu'à l'étranglement. À l'abri des hommes et des dieux, nous choisissons de nous révéler l'un à l'autre. Déidamie découvre nos différences : jamais sexe de l'homme ne lui était apparu. La chaleur accroît encore l'intensité de l'instant. L'étreinte est passionnée. Je déchire le voile de sa virginité. Un parfum de violette embaume l'air. J'entre en elle intensément, fougueusement. Toute fille de roi qu'elle est, elle crie et souffre. Ma violence la brûle et la retourne. Un autre versant de ma force apparaît : l'énergie des passions. Une lutte éprouvante s'instaure où, obéissant à mes instincts, je triomphe.

De cette union frénétique, accidentelle, provoquée par un accès des sens, naît notre fils Néoptolème, futur prince des Myrmidons, guerrier digne de l'*Iliade*. Tout père chérit son fils et tire fierté de ses actions. Plus tard, Néoptolème se cachera avec les Grecs dans le cheval de bois qui entrera dans Troie et c'est lui qui sacrifiera Priam, le roi de la sainte cité, sur l'autel de Zeus. Son destin, tel le soleil effacé d'une famille perdue, rayonne en mon cœur.

Pour l'heure, le feu couve. L'on bat le rappel des armées à travers toutes les villes de la Grèce. Dans la solitude de cette île perdue en mer Égée, je reste caché dans l'ignorance des événements. Épaisseur du silence qui précède l'assaut. Qui se doute qu'au sein de cette bande de filles, toutes plus princesses les unes que les autres, gît une masse robuste ? De clairvoyants esprits s'en doutent et viennent me chercher. La guerre de Troie engendrera d'innombrables souffrances. Les Grecs ont besoin de moi.

À la faveur d'une distribution de cadeaux, le souffle des trompettes allié au tintement des armes réveille mes instincts premiers. Impossible de me contenir. Je m'empare des armes : Achille est découvert ! L'appel m'a trahi. L'ingénieux Ulysse a réussi son coup. Démasqué je suis, à la stupéfaction de l'assemblée sans voix. Le guerrier surgit. Je ne renonce pas à mes devoirs envers la Grèce. J'intègre la coalition. Pourquoi me déroberais-je ? L'occasion est trop belle. Chance et malheur de ma trajectoire.

Il m'en coûte d'abandonner la douceur de Skyros, le roi, sa fille, mon fils nouveau-né. Il faut accomplir les prophéties du devin

Calchas. Le destin a ses lois. Trop jeune pour renoncer à la vie, je préfère suivre ma vocation. Dans le chagrin, je m'arrache à une famille à peine fondée, et je m'offre à l'inconnu, aux mille maux que je dois encore endurer et à la mort pour finir.

En rejoignant les armées grecques, Agamemnon, Ménélas, Ulysse, Ajax et les autres, je plonge dans l'immense combat, le plus terrible jamais livré sur terre. Les hommes m'importent peu. La victoire non plus. L'aurore est ma seule étoile. Tout s'effondre auprès d'elle, qui seule brille dans ma nuit. Point fixe de mes rêves, elle maintient la direction dans les méandres du chemin. Le pouvoir et la richesse passent, inutiles vanités. L'authentique gloire fortifie et inspire les générations futures. Je n'ai voulu montrer que la noblesse de l'homme.

En m'embarquant derrière Ulysse, je me doute de ne pas revoir Skyros ou Phthie. J'aiderai les Grecs à s'emparer de Troie, mais j'y laisserai ma vie et tout ce qui m'est cher. Maintenant, un seul défi me préoccupe : affronter l'adversaire.

Je ne prête pas serment à Agamemnon, ni à aucun autre monarque intéressé. Les Grecs m'appellent : ils connaissent ma réputation. Même si j'ai été choyé en cet appartement des femmes, ma place est sur les champs de bataille, dans les fracas d'acier. Étranges voies qu'emprunte le destin : quelques armes cachées au milieu d'objets précieux, mon instinct se réveille et ma vie bascule. Tout apparaît pourtant si logique. La nature l'a emporté sur le simulacre. L'ingénieux Ulysse use déjà de son esprit de manœuvre... Il m'a percé à jour. Je n'en tire nulle honte. Je suis embarqué et je montrerai à la face de la terre ma valeur de soldat, seule qualité qu'on ne m'arrachera pas.

Il me faut organiser mon armée, retourner à Phthie, unir les Myrmidons et embarquer vers Troie. Mission que mon éducation m'aidera à remplir. Les leçons de Chiron et de Phénix trouvent enfin une exécution. L'enfance s'éloigne. Adulte, mon désir s'accomplit. Les Myrmidons entrent dans l'épopée.

Le roi des fourmis

Je règne sur un peuple étrange, une armée de fourmis changées en hommes par la volonté de Zeus. Fourmis, je chante votre persévérance. Vous assurez la cohérence de notre peuple. En vous loge le mystère des dieux, miracle des insectes et des planètes. Votre petitesse fait votre grandeur, patiente humilité du labeur victorieux. Vous résistez à tout. Nul climat ne vainc votre opiniâtreté. Vous êtes les plus anciennes créatures de l'univers. Vos antennes anticipent l'avenir. Vos pattes agiles vous dotent d'un sens guerrier hors du commun. Lorsqu'il s'agit de lutter sans merci, je m'inspire des leçons de votre ténacité. Vous me portez dans ma faiblesse, vous me hissez dans vos exploits.

Insectes noirs à la volonté de fer, vous trempez mon âme dans les grandes eaux du fleuve. Le courant masse mes muscles. J'en ressors affermi. Mon cœur exhale une pure sauvagerie. Sur les ennemis, je lance les Myrmidons comme vous prenez d'assaut les cadavres, vous qui avez raison des plus forts colosses.

Tout guerrier a ses hommes, les miens sont économes, patients et tenaces. Rouges et noirs, ils me vouent un culte, avancent parmi les ombres et traversent la nuit. Jusque dans ma colère, ils me restent fidèles. Mes outrances ne les effraient pas. Chaque matin les voit renaître.

Dévoués, ils acceptent sans gémir la marche du destin. Une résignation sans peur de l'avenir. Un doux arc-en-ciel illuminera leur tombe, qu'elle soit en Troade ou en Grèce pour ceux qui parviendront à rentrer.

Qu'ils me manquent aujourd'hui dans ma froide solitude ! Je ne règne plus que sur de la poussière. J'ignore combien ont survécu. L'ivresse de la guerre m'a emporté. Je n'ai pris aucun soin d'eux. L'égoïsme m'a condamné et les intérêts ont prévalu sur l'attention que je leur devais. J'ai honte d'avoir aveuglément recherché la gloire, au prix de leur vain sacrifice. Qu'est-ce qu'un nom qui perdure au regard de la vie ? Ma seule visée fut le rayonnement de ce soleil lointain. Il m'a porté ; je suis tombé en ruines. D'où je souffre, son éclat m'est invisible, mais je sais que là-haut, chez les vivants, il continue de resplendir et de guider les âmes conquérantes.

Tout passe, tout recommence. Le début du monde s'opéra dans le chaos. Le temps n'efface pas l'origine. La source divine est féconde. On y revient pour témoigner des offrandes.

Mes frères, je vous ai ignorés, je vous pleure. Je ne vous ai aimés qu'après ma mort. J'étais fier de votre bravoure, lorsque vous posiez le pied sur le sol troyen. Chacun d'entre vous participa au grand combat.

Maintenant que tout est perdu, je l'avoue : j'ai méprisé Apollon, sa lâcheté, ses aspirations, ses faux-semblants. Nous n'avons rien en commun ; il me l'a rendu. Téméraire, celui qui affronte le dieu de la musique. On n'attaque pas impunément l'harmonie.

Les Myrmidons ou le versant ténébreux des mythes. Guerriers noirs, intraitables au combat, ils jouissent d'une terrible réputation de tueurs. Leur logique les pousse à égorger et meurtrir l'ennemi du moment.

Ils tirent courage d'un fonds lointain, impénétrable à la raison.

Le bellâtre apollinien porte en lui une fade lumière. Nos tempéraments contraires devaient s'affronter. Je l'ai provoqué en tuant son fils Ténès de ma lance de frêne, offerte par Chiron. De ce jour date ma perte. Je tuerai encore beaucoup d'hommes, mais au bout de mon chemin Apollon m'attendra, débordant de vengeance .

Il a juré ma perte et l'obtiendra. Le plus faible des dieux est toujours plus fort que le premier des mortels. On n'échappe pas à une fin voulue par un immortel. On la retarde à la rigueur, mais le bref sursis ne laisse aucune illusion sur l'issue prochaine.

J'ai blasphémé un dieu, qui ne m'a pas pardonné. Des forces tumultueuses s'acharnent sur moi. Je crie dans les affres de la souffrance. Je hurle un désespoir sans nom qui traverse les siècles. Les ombres glacées me recouvrent. Les branches effeuillées m'affolent dans les ténèbres. Le rien l'emporte sur le tout. Impuissant, j'assiste à ma déchéance. Les forces du néant m'aspirent. Seul, je contemple les ruines de ma vie. Apollon triomphe. Pas une déesse à mon secours. À qui tendre la main ?

Les astres ne brillent plus. Enfui, le temps où les Myrmidons reprenaient en chœur les hymnes d'Orphée ! Leur patience était vertu. Des heures durant, ils entonnaient des chants qui charmaient leurs nerfs. Peuple de Myrmex, travailleurs solides, je vous aime et vous loue. Ô mes hommes noirs, cavaliers de l'impossible, soumis aux plus rudes tempêtes, quel chagrin de vous savoir si loin, perdus !

Le roi des fourmis

Qu'est-ce qu'une douleur qui ne finit pas, une blessure inguérissable, une langueur maladive, lorsqu'est perdue la saveur des jours ? Sinon une éternelle souffrance que je paie aux Enfers. On me faisait dieu. La mort m'a lâchement frappé. Mon seul mérite est d'avoir commandé les Myrmidons.

La loi de Troie

Devins, prophètes, annonciateurs, vous ne changez rien à l'histoire. Les actes s'accomplissent. Aucune force n'empêche les fautes d'être commises. Les dieux se jouent de notre destin. Nous marchons à la mort. Pour chaque être, elle se présente à son heure. Elle m'attendait les bras ouverts.

Quand je m'embarque pour Troie, nulle illusion ne m'anime. Je dois tomber et n'en pas revenir. La guerre jette entre la vie et la mort. Les compromis ne durent pas : d'une blessure l'on guérit grâce à une intervention humaine ou elle vous emporte vers d'autres rives. J'ai tué sans relâche, constamment, jusqu'à ce qu'une flèche plantée au talon vienne m'abattre. Tant d'exploits réussis pour que le plus lâche m'emporte avec la complicité d'un dieu fourbe. Les avertissements s'étaient multipliés, mais dans l'écho de mes cris confus je n'entendais rien.

Nous quittons la Grèce sur nos navires. Les flots nous portent vers l'aventure. Être de l'expédition, mon souhait le plus cher. Pourquoi suis-je là ? Je n'ai jamais croisé un seul Troyen de ma vie ; aucun d'eux ne m'a causé le moindre mal. Ils jouissent d'une grande réputation. Les péripéties vécues par Ménélas, Pâris et Hélène nous sont étrangères, mais le sort de tous en dépend. Les sentiments ont leur part dans les causes d'une guerre. J'éprouve aussi une attirance pour cette femme, sublime entre toutes, enjeu de la querelle entre les peuples achéen et troyen.

Le plus illustre des Grecs, Agamemnon, celui-là m'a toujours inspiré un profond dégoût. Dans ses calculs, il me mêle à une machination. Lâche, profiteur, drapé dans son pouvoir, il a recours aux pires fourberies pour flatter les dieux. Il leur sacrifie Iphigénie, sa fille, à qui il voulait me lier. Prêt à tout pour conquérir Troie, il ne pense qu'aux vents favorables que seule Artémis peut lever et qui le mèneront à la puissante cité. Manipulateur pervers, il invoque les dieux, espérant leur concours dans l'accomplissement de ses crimes. Agamemnon, illustre roi, fripouille devant l'univers.

En ralliant le jeu, il est sûr que je m'expose aux combinaisons. J'ignore que la guerre est plus rude dans mon propre camp que face à un ennemi que je respecte. Je suis tenu par de pesantes alliances. Myrmidon, je suis grec. Ma place est dans ce camp. Mais quel est le vrai combat d'Achille ? Les intentions secrètes des forces hellènes me sont étrangères. Que Troie domine en mer Noire le commerce de l'or, de l'argent, du fer, du cinabre, du bois de construction des bateaux, du lin, du chanvre, du poisson séché, de l'huile et du jade, où est le dommage ? Qu'Hélène succombe à Pâris, voilà un accident de la nature qui ne saurait provoquer pareille guerre ! Je recherche quelque chose de plus fragile et de plus précieux que seuls traquent les fous épris d'absolu, un soleil d'or dans un ciel de plomb, une étincelle dans la glace : la gloire. Elle seule anime ma présence au combat. Elle ira croissante au fil du péril. Je me soumets à ses ondulations.

La guerre a ses lois obscures. Nos motifs individuels s'écartent des logiques de la politique. Que suis-je venu chercher sur cette côte, sinon l'aventure et la transe ? Sans doute ne suis-je pas préparé aux exigences de la coalition, où les guerriers seuls m'inspirent de l'estime et les chefs une systématique répugnance. Avant même que nous débarquions dans la plaine de Troie, je m'imaginais le spectacle des turpitudes humaines. Comment souffrir pareils arrangements ? La guerre n'a pas eu lieu, que déjà les plans de partage du butin circulent. C'est faire fi des surprises qui surviennent en plein conflit. La guerre est un jeu qui épouse le hasard. Que de héros remercient la chance de leur avoir donné la victoire ! Les combattants n'ignorent pas ces données, les politiques, si : que d'arrogance chez eux face à la vie ! Jusqu'à quelle limite le cœur accepte-t-il de tuer pour cautionner la veulerie de lâches dirigeants ? Le mien déborde déjà de rage alors que nous voguons vers l'Orient fatal. Les hommes m'auront causé autant de souffrances que certains dieux.

Dans un élan d'ardeur, j'invoque mon origine grecque. Nulle question pour moi de servir l'adversaire. Si je fuis les batailles et les cercles de pouvoir, c'est pour me rester fidèle sans honte ni regret. Une guerre entraîne d'autres guerres à l'infini. Je préfère la paix à la guerre, mais dès lors que l'explosion sanglante a éclaté, rien ne m'arrête. J'accomplis les prophéties des oracles.

Les fureurs d'Arès m'envahissent. Mon éducation loin des hommes, pour bienfaisante qu'elle fut, m'a privé de leur fréquentation. J'en ai gardé toute ma dignité. Je ne manipule pas comme Agamemnon, indigne père, irresponsable, chef vénal. L'insoutenable mensonge ! Dans leur hypocrisie, les dieux laissent se commettre les méfaits de ceux qui les invoquent. Mon caractère entier se dresse contre le scandale. Je suis perdu parce que je n'ai rien compris. Tais-toi, prie, ne te mêle pas de nos histoires, me crient les voix de ceux qui gouvernent. J'aime déchirer le rideau d'imposture ; qu'importe si je meurs, tant que la beauté est sauve.

Fils de la déesse, je ne comprends pas les hommes. Eux non plus ne cherchent pas à percer les mystères d'un guerrier issu d'une chair immortelle, élevé par le centaure de la montagne. Les malentendus entre nous sont légion. Ils perdureront.

Je n'ai pas fendu les flots, hissé les voiles, lustré ma lance pour servir les caprices des Atrides, mais pour porter haut dans le ciel la renommée des Grecs. Troie doit périr parce que les dieux et le destin en ont décidé ainsi. J'entends prendre part à cette expédition pour l'éternité.

Si je suis programmé pour tuer, il est temps de goûter à l'exercice. La défense de la liberté exige de violentes outrances. Il me faut passer en force, m'imposer à tous. Suis-je un meneur d'hommes ? Les exploits m'appartiennent. J'entraîne Ulysse, Ajax, Diomède. Je m'adresse d'abord aux guerriers. Les politiciens ne me comprennent pas. Je ne le sais pas assez. De néfastes déconvenues s'annoncent. Le pouvoir politique, aveugle, lâche et détaché de tout, ignore ce qui se trame en mon cœur. La guerre de Troie ou mille efforts confisqués.

Comme à chaque conflit, en nous autres soldats, un ressentiment envahit notre esprit. On nous vole nos victoires. Qui paie le salaire du danger ? Plein de fiel et d'amertume, j'entre dans l'affrontement. Mon propre camp me dégoûte. Pour l'honneur de la Grèce, je dois tuer des Troyens. Absurdité des situations.

Aulis, rassemblement des Grecs, prélude à l'embarquement pour Troie. À cette heure, presque tout est joué : Apollon me voue une haine tenace qui aura raison de moi ; nulle confiance possible dans les meneurs ; la guerre accentue la solitude.

L'histoire lance un appel. Le destin retentit de ses trompettes invisibles. Le drame se joue. Même les dieux ne peuvent arrêter l'implacable marche qui guide toute âme.

Accélération. Nous entrons dans la tempête. Pour combien d'années ? Une lyre m'accompagne. Elle double mon javelot. Aux Enfers, je tuerai l'ennui à caresser les cordes de l'instrument. À présent, elle est la seule occupation qui chasse mes larmes.

Les matins brillent en ces années. À l'aurore, tous nos regards se tournent vers le soleil. Des feux roses luisent dans le bleu clair du ciel. Nous, Grecs, partons confiants.

Nous croyons que les dieux nous protègent et que notre art surclasse tout. Troie possède une organisation et des remparts. Elle nous a dérobé la plus belle femme de la terre. Ai-je aperçu Hélène ? Je le crois bien. Quand mon souvenir ne serait qu'imaginaire, j'ai tant pensé à elle qu'il me semble la connaître.

Hélène de Sparte, c'est aussi pour toi que secrètement je combats. Ta beauté illumine l'univers. Tes formes chavirent les sens. Ton nom provoque la guerre. Hélène, personne ne t'en a jamais voulu. Ton corps met en branle de gigantesques coalitions mais tous, nous te reconnaissons une grâce incomparable, que les immortelles t'envient. À chacun d'entre nous tu offres les reflets d'une ensorcelante lumière. Hélène, qu'as-tu ressenti dans ton cœur ? Les caresses de Pâris sont-elles si douces ?

Dans le secret de ma conscience, Hélène, en partant vers Troie, je songe à cette mort prochaine qui m'a été annoncée et à toi qui aurais été sensible à mes exploits. Je respecte Iphigénie que je protège sans aimer, mais l'ombre de son père Agamemnon m'en éloigne d'instinct. Toi, Hélène, je sais que je t'aime sans te connaître. Tout Troyen jeté au sol devient un obstacle de moins vers toi. J'aurais voulu conquérir ton cœur. Prendre Troie, c'est aussi te prendre.

Hélène, je ne vis plus qu'avec le souvenir de toi sur les remparts d'Ilion. Tu devenais la citadelle à conquérir, au lieu de la puissante capitale soudain devenue pâle enjeu. C'est aux portes Scées que tu apparus pour assister au combat entre tes deux maris. Tu décrivais les Grecs à Priam. À cet endroit fatal, Pâris et Apollon devaient plus tard avoir raison de moi. Nos vies se sont manquées. Quelle alliance aurions-nous pu sceller : la beauté et la force. Les dieux en ont décidé autrement.

Leur volonté l'emporte. Le destin ne se viole pas ou alors c'est lui qui contraint et convoque aussitôt le noir trépas. Adieu Hélène, reine de Sparte et de Troie, à l'éclatante beauté. Hector et Priam t'apprécieront. Moi, je t'adorais dans les replis de mon cœur.

Les foudres de l'ire

Neuf ans de guerre, un trophée : Briséis, princesse troyenne aux formes abondantes. Toutes ces années de combat pour le plaisir de contempler une femme et se faire servir par elle. Ma seule prise est un trésor : je l'adore par-dessus tout. Je me prends pour elle d'une affection sans bornes. Est-ce de l'amour ? Pour elle, je suis prêt à renoncer au combat. Nos liens sont étroits, nos mains mêlées. La guerre excite les passions, l'amour engendre la paix.

Je romps avec Agamemnon sitôt qu'en pleine assemblée il me dépossède de Briséis, ma captive. Un monde s'effondre. Frappé par cette injustice, je sors de moi. Jamais colère et dégoût n'ont atteint un tel degré. Ce rapt odieux réveille une cicatrice intérieure. Ma raison verse dans la fureur. Mon sang ne fait qu'un tour.

Sans l'intervention d'Athéna, j'aurais égorgé Agamemnon. Au moment précis où Briséis m'est retirée, une rage inouïe s'empare de mon être. Les horreurs de la vie éclatent dans une scène qui n'aurait jamais dû avoir lieu. L'humiliation. Le bon plaisir du chef me prive d'un être sur lequel j'ai autorité. J'appelle le châtiment. Les armées grecques en essuieront le supplice.

Je n'ai plus aucun devoir envers les chefs achéens. Me voici affranchi, libre, dégagé des responsabilités. Qu'importent les conséquences. Qu'on oublie les prétextes religieux pour justifier cette dépossession.

Si Agamemnon et les princes grecs me méprisent tant, moi qui leur apporte des victoires, je les exècre pareillement, indifférents au sang versé des soldats. Entre le roi des rois et le fils de Pélée, deux logiques inconciliables.

Ma fureur est au paroxysme. Mon pouls s'accélère, mes membres s'impatientent, mon esprit s'enflamme : la tête d'Agamemnon tranchée par mon glaive. Aux Enfers, sa prétendue autorité ! Il ne reflète que lâcheté et arrangement. Il maltraite un guerrier grec ? Il cause la perte de son camp. Sa stupide attitude vaudra aux nôtres des souffrances sans nombre. Il ignore les funestes conséquences d'un tel irrespect.

Les chefs sont orgueilleux, profiteurs et lâches. À commencer par le roi de Mycènes. Qu'il périsse. Comment a-t-il sauvé sa vie jusqu'à présent ? Les sacrifices aux dieux l'ont protégé. Les fourbes durent longtemps. Agamemnon est appelé à la déchéance. Il ignore la grandeur, comme la noblesse. Bien au-delà de lui, cette vertigineuse bataille de l'histoire. Son avidité le perd. L'enjeu le dépasse. Ses fautes rompent les équilibres. Comment peut-il, après neuf ans passés à la tête des Grecs ? Il méprise nos états de service.

La colère ne m'a jamais quitté. Mes entrailles crient le refus, ma gorge brûle de souffrance, mes veines éclatent. Ma condition me tiraille. Nulle révolution ne comblera jamais mes désirs. Le danger m'attire, le malheur m'appelle. Je m'y précipite avec délectation. La belle heure ! Je ne crains ni les dieux ni les étoiles. Ma nuit scintille de soleils disparus. Chiron, que n'es-tu là pour me porter vers les cimes de la forêt ! Dans l'allégresse nous chevauchions. Les calculs d'Agamemnon me plombent au sol : tant de bassesse ! Briséis volée, mon fourreau frémit. Qui a retenu mon bras de sortir le glaive aigu pendu à ma cuisse ? Je le sais pourtant : Athéna, pour que s'accomplisse l'oracle. La déesse calme ma fureur. J'obéis aux dieux, mais d'incompressibles forces m'invitent au soulèvement, encore et toujours. Drame de leur condition, les demi-dieux s'éteignent aussi. La révolte se heurte au destin, l'instinct à la soumission. La colère d'Achille, fils de Pélée, écartelé entre l'obéissance et le refus, déborde.

Agamemnon n'a jamais pris les armes. Sans efforts, il a récupéré le butin à son avantage. L'œil sombre et avide, il scrute sa part et celle des autres. Le roi des rois n'est pas lâché par les dieux, il les sert tous. Apollon me poursuit d'une haine qui ne souffre aucun arrangement. Tous deux s'entendront pour me faire la peau. Ma solitude grandit. Loin du fracas des disputes, avec le secours de la sagesse, j'opte pour le retrait. Je me retire d'un conflit d'où l'on m'écarte.

Symbole de toutes les élites, Agamemnon, pour les siècles, tu incarneras l'avidité du pouvoir et de la richesse. Tu crèveras sur ton tas d'or volé, tes bijoux pillés, tes trésors usurpés. Tu n'as survécu qu'en fuyant le champ de bataille. Aucune larme ni souffrance dans ton regard, seulement l'exploitation de meilleurs que toi. Plus haut degré de l'ignominie humaine, Agamemnon, tu dévastes mes pensées. Tu n'es que duplicité, hypocrisie, fourberie. Tu déshonores la Grèce. Mieux vaut perdre la guerre de Troie que la gagner avec toi. Tu n'agis que pour le commerce et ses bénéfices. Par ta folle inconscience, le Troyen Hector a envoyé des milliers de Grecs à la mort. Nous ne valons que par nos soldats. Nos chefs politiques sont indignes. Il en a été et en sera toujours ainsi. Le cancer se répand à travers les siècles. Le présent ne nous épargne pas. Tes conseillers ne valent pas mieux. Jamais je ne me lasserai de te vomir, sac à vin, ordure suprême, pourri absolu.

Les étoiles brillent sur la voûte. Miracle des astres ! Je me souviens de votre éclat lorsque je goûtais encore aux douceurs du monde. Votre lumière berçait mes nuits. Ma vigueur me portait à l'espoir. La mort est venue. Je souffre d'un ennui éternel. Si pénible qu'elle fut, la guerre de Troie eut son lot de grandeur. Que d'énergies gaspillées, d'espérances trahies, d'offrandes renversées ! Mais quel héroïsme déployé en ces dix années. Hormis auprès des chefs grecs, aucune bassesse chez tous ces combattants, prêts à sacrifier leur vie.

Les guerriers ont droit à leur part de butin. Briséis est loin, personne ne me réconforte. Mon corps souffre sans ses massages : mes membres me harcèlent. Il est doux de dormir auprès d'une maîtresse qui calme mes ardeurs et mes angoisses En ces sombres instants, je fonds en larmes. Pourquoi cacher ma tristesse ? Les sanglots reflètent une peine que personne ne me retirera. Les pleurs apaisent et me soulagent.

L'amour appelle la mort à sa délivrance. Il la sollicite afin d'élever l'âme à la plénitude. Hélas ! je me retrouve au royaume des morts dans le gouffre terminal. Je n'ai joui que sur terre. Ma témérité m'a leurré. Sur ce sombre territoire ne règnent que l'ombre et la poussière. Mon âme languit de douleur.

Lorsque Briséis me fut arrachée, j'ai explosé. D'autres violences seront à venir.

La colère n'en finit pas d'embraser la vie, d'enflammer les forêts, de briser les glaciers. Elle nourrit le désespoir et fait renaître l'homme à lui-même. Mon retrait a mené des milliers d'Achéens à la mort. D'un seul homme souvent dépend la bataille.

Pourquoi les chefs grecs m'ont-ils à ce point méprisé ? Leur maladresse a provoqué de tels dégâts : morts et souffrances. Me battais-je vraiment pour les Grecs ? Je poursuis mon jeu, ma partition solitaire.

J'ai trouvé refuge dans la poésie. Le chant des triomphes fut ma seule consolation. S'est ouverte une patrie, ma seule patrie. J'en comprenais la langue et pouvais l'exprimer avec aisance. Mon âme approuvait. Ce langage, le seul qu'en pareil moment je puisse tenir, me charme et m'enivre. Les héros puisent réconfort dans le verbe. Qu'est-ce qu'une victoire sans poème ? Une péripétie...

Qu'est-ce qu'un poème sans victoire ? Des mots alignés.

Le chant du monde perce les crevasses, il magnifie l'existence. La poésie élève les sens. Elle sublime l'ardeur et entretient le souvenir des grandes choses. Sans la poésie, ma brève vie n'aurait pas cet éclat qui rayonne à travers les âges.

Cithare, tu calmes ma colère, tu apaises mes nuits. La douceur de tes sons berce mon cœur. Tu chasses une souffrance qui m'absorbe en mon entier. Que n'ai-je versé dans la folie ! Elle est le miel de la vie, qui me comble dans l'attente des combats futurs. J'oppose mon chant à celui d'Apollon. Lyre contre lyre, deux voix s'élèvent. Une de trop. Je n'ai plus longtemps à vivre. Le sol s'échappe à mes pieds. L'heure n'est pas venue. Mais bientôt je dois rejoindre l'abîme des Enfers, où le soleil ne luit plus. Alors je n'entonnerai pas les exploits de ceux qui m'ont nourri, inspiré, transporté. Ma vie suffira à porter mon chant. À cette époque, j'ignorais combien je regretterais le monde des vivants : je ne conçois la vie que projetée dans l'épopée. Celle-ci existe, mais ne m'appartient plus. J'erre parmi les fantômes. Comme la mort est une souffrance ! Elle m'assaille et me rappelle la douleur de ma colère. Colère contre mes maîtres, mais aussi contre les failles du monde. La spirale m'entraîne, je suis fait. Le piège s'est refermé, mon sort scellé. Par la fureur, je suis sorti de la guerre. J'y retourne dans la hargne. Le cri a grondé en mon sein. Les cercueils s'ouvrent. Ma chair a frémi. Une mécanique s'enclenche. D'une colère je passe à une autre colère. Si je reviens dans la guerre, c'est pour vaincre et mourir. Pas de nuance, ni d'arrangement : tuer et tomber, mon destin.

Les meilleurs de mes amis sont venus me chercher : Ulysse, Ajax et Phénix, sur les suggestions de Nestor, le meneur de chars. Ils m'ont trouvé là, déclamant des vers. Je n'ai rien à leur répondre. Que les Troyens anéantissent les Grecs ! Les fautes d'Agamemnon méritent châtiment. Je sais bien que la colère est alors trop forte, trop intense pour me faire revenir à la raison. Que m'importe si les Grecs ne rentrent jamais chez eux. Ils ne songent qu'à leur butin pillé à Troie.

La fièvre envahit les fibres de ma chair. Ma peau transpire une incompressible rage. Pourra-t-on m'empêcher de sombrer dans l'âpreté, de me noyer dans le chagrin d'une injustice qui frappe mon cœur ? Les dieux n'y peuvent rien. Je repousse tous les présents qui pourraient m'être faits. Les richesses des hommes ne me touchent pas. Je n'aspire qu'à l'immatériel, au souvenir dans la mémoire universelle. Comment un chef, préoccupé seulement de calculs véreux, peut-il entrer dans une logique supérieure ? Je m'offre en sacrifice à la Grèce, à l'épopée, aux héros.

Mon corps est un territoire à lui seul, une patrie dressée, un État en armes. Il concentre mes vertus : courage, force et beauté. Sur les champs de bataille, je me suis livré avec fougue et passion au combat décisif. On m'a méprisé quand nous remportions des victoires – pour lesquelles mon rôle était abaissé. Les défaites arrivant, le péril croissant, le fourbe Agamemnon ne peut faire autrement que d'envoyer des émissaires me supplier de revenir dans le jeu. Ah ! pourquoi n'est-il venu lui-même me proposer ses trésors pour que je combatte à nouveau ? Il m'a jeté dans l'impasse d'une violence interdite. Sitôt que je réapparaîtrai, mes traits perceront la gorge des Troyens. Le sang jaillira et tombera en lourds clapotis. Ce n'est pas encore le moment.

Pour l'heure, la chair absente de Briséis me fait perdre la raison. Seule la proximité de Patrocle, brave parmi les braves, fidèle entre tous, adoucit mes tourments. L'issue doit se dégager. La nuit m'apaise. Le vin me réconforte. En m'endormant, je cueille le sommeil comme un présent. Mon cœur se met en joie. Je m'abandonne à une obscurité, qui n'est pas ténébreuse. La confiance m'envahit. Aurore jaillira au matin, dans sa fraîche beauté. Si le destin le veut, je songerai peut-être au combat.

Parce que c'était Patrocle

L'amitié guide mes pas. Elle m'inspire, me soutient, me transporte. Mon seul, unique et véritable ami est Patrocle, mes sentiments ne sont pas faibles pour lui. Nous traversons les épreuves ensemble. Il est semblable à un frère. Le cousinage rappelle cette union du sang. Il est mon aîné. Quoique plus fort que lui, je note cette différence d'âge. À ses côtés, je me tiens comme un serviteur. Je le protège des menaces.

Au long de ces années de guerre, sa présence et sa fraîcheur m'escortent. Les progrès accomplis sont partagés en tout. Pas question que l'un avance sans l'autre. Aucun nuage ne ternit notre ciel grec. L'amour me procure de fortes sensations, l'amitié suscite d'intenses sentiments. La fraternité d'armes est portée à son comble. Patrocle est solidaire de moi.

Dans les affres de la colère, il reste dans la tente avec moi, écoute mes chants avec recueillement. Nous avons fait ce trajet depuis notre chère Phthie, passé neuf ans à combattre ardemment dans la poussière et le vent de la plaine d'Ilion pour nous retrouver ensemble, repliés dans l'antichambre du combat, où nous savourons des moments que nous ignorons être les derniers.

Les mauvaises nouvelles s'accumulent dans le camp grec. Agamemnon multiplie les maladresses. Les dieux portent aux exploits Hector qui s'approche des nefs argiennes sur le point d'être envahies. La guerre basculerat-elle en faveur des Troyens ? Les Grecs paient leur orgueil. Même l'ingénieux Ulysse ne peut enrayer une situation qui lui échappe. Tout concourt à notre affaiblissement. Pourquoi me jetterais-je là où j'ai tout à perdre, où j'ai déjà tout perdu ? Briséis, comme tu me manques. Ton absence est déchirure. Je n'accepte pas l'idée que nous soyons séparés. Elle me brûle et m'accable. Mon découragement est si complet que je lâche ma lyre, qui n'émettra plus de sons. Adieu poésie. Le péril est imminent.

Patrocle se tourmente des défaites qui pleuvent sur notre camp. Lourdes sont nos pertes, faible notre ardeur. Les dieux causent mille maux aux Achéens, qui se prennent à douter. La plaine de Troie commence à porter malheur. Après neuf ans de guerre, une interrogation : « N'est-il pas temps de retourner en Grèce ? ne vaut-il pas mieux interrompre un massacre avant qu'il ne dégénère en humiliation ? » La retraite des Grecs sur leurs nefs s'impose. L'heure est dramatique. Troie triomphe, Hector crie de puissance et de bravoure. Un jour, je l'affronterai, mais le moment n'est pas mûr.

Patrocle souffre des faiblesses de notre camp. Il n'admet la réalité des échecs grecs qu'au prix d'intenses douleurs. Il faut se résoudre au sort décidé par les dieux. Patrocle gémit en son âme, dans les tréfonds de sa conscience grecque.

L'heure dernière se rapproche de lui. Patrocle revêt mes armes. Il veut poursuivre la lutte. Les débâcles l'insupportent. Le vertige le saisit. Il rêve de prendre Troie. Le cynisme des chefs grecs ne l'atteint pas. Patrocle, trop pur et trop dévoué pour voir la médiocrité de sentiments qui animent nos maîtres.

Les dieux l'ont soutenu jusqu'à ce que sa route croise le divin Hector. Croyant en finir avec moi, le héros troyen lui enlève la vie. Patrocle ! Pourquoi faut-il que le sort te fauche en cette jeunesse ? Ta mort a réveillé ma plus vive colère. Cette annonce dépasse ce que mon âme peut supporter. Ta mort est le plus sombre fait de toute cette guerre. Pourquoi ? Pourquoi est-ce toi qui es envoyé dans la nuit, mon plus cher ami, et non Agamemnon, Ménélas, Hector ou Pâris ? La guerre a ses lois, comme le mouvement des astres. Son mystère reste impénétrable. La témérité de Patrocle s'est heurtée à l'implacable force du meilleur Troyen. Il possédait des qualités, mais son très grand art au combat demeurait insuffisant face au brave Hector, dont rien ne saurait arrêter la marche vers les nefs argiennes. Patrocle faiblissait dans l'effort. Les dieux ne l'aimaient guère, tant sa beauté faisait honneur au genre humain. Ils le jalousaient, ils l'ont puni.

Ombre parmi les ombres, j'erre dans la poussière et le silence. Du temps de ma vie, je pleurais. Je fonds aujourd'hui en sanglots. La solitude m'étrangle. N'être plus rien, le drame. Mon étoile fut si intense qu'elle illumine encore le chant des poètes. L'azur resplendissant n'apparaît plus pour moi. Qu'il est loin le temps de la lumière !

Notre amitié fut la plus étroite. Nous partagions tout. Aucune peine, aucune joie qui ne touche l'autre en son cœur. Les vagues nous enroulaient pareillement. Une ardente affection nous unissait. Lorsqu'il demanda à revêtir mon armure afin d'aider les Grecs dans leur détresse, j'acceptai, n'osant le contrarier. Elle lui allait à merveille. Nous étions de même constitution. Il fallait faire attention. Face aux dieux, la force a ses limites. Apollon désirait ardemment notre perte.

Mon ami, comme tu m'es doux. Ton visage, tes cheveux bouclés, tes larges épaules, je n'ai rien oublié de tout cela. Quelle douleur m'étreint chaque fois que tu m'apparais ! Mon cœur se déchire, des larmes de sang recouvrent mon visage, ma tête hurle, sans que je puisse l'arrêter. Les cris m'échappent. Pourquoi la rage et la douleur sont-elles si fortes ?

Je suis désarmé, renvoyé à ma nudité de mortel. Mes genoux tremblent. Le soleil de miel se recouvre de ténèbres. L'ami perdu n'est plus. Patrocle a brillé au combat. Que d'exploits a-t-il accomplis ! Tant de nobles idéaux à l'œuvre dans une âme ! En son esprit, Patrocle n'envisageait qu'une chose : la victoire des Grecs. Agamemnon, les Troyens, ne remplissaient qu'un rôle secondaire.

Il était le sacrifice même. Les dieux lui ont joué un tour. Son intervention aux côtés des Myrmidons a renversé le cours de la guerre.

Tu m'as précédé en frayant seul le chemin. Tes victimes sont nombreuses, la déroute des Troyens totale. Lorsque tu enfonças le bronze terrible au cœur de Sarpédon, le chef des Lyciens alliés aux Troyens, il croula comme une impossible masse. La chute de son corps ébranla la terre. Le choc retentit encore.

Tes exploits sont ma fierté, mon adorable Patrocle, mon protecteur et ami. Ils font corps avec les miens. Nous ne sommes plus qu'un. La vie nous a séparés, la mort nous réunit dans le froid et la tristesse. La guerre fut notre pacte. Elle sublima notre passion de gloire et de victoire. L'épreuve commune a fondu nos liens. Nous sommes entrelacés.

Emporté par ses cris violents, Patrocle n'a peur de rien. Le succès de ses exploits l'enivre. Mes armes l'attirent vers les sommets. Il jette les Troyens en déroute. Aux portes Scées, Hector appelle au sursaut. La sainte Ilion ne se laisse pas prendre aisément. Apollon la protège.

Soudainement, une lance brise l'armure de Patrocle, qui tombe à terre. La vie l'anime encore, mais son dos est transpercé. Il crie, la douleur et la solitude l'envahissent. Le pire est à venir. Hector surgit, et sans once d'humanité, l'achève ! Fatal coup de pique. Patrocle, seul, quitte l'armée achéenne, trompé par les dieux, vaincu par les hommes. Il fallait qu'Hector mette un terme à cette fougue. La gloire de Patrocle avait besoin de ce combat. Le favori d'Achille a péri dignement. Grecs et Troyens s'affrontent sur son cadavre.

Patrocle, ami véritable, frère royal, quelle colère ne m'a pas saisi lorsque j'ai appris la funeste annonce ! Ma cithare ne chantait plus. Que faire d'autre sinon te rejoindre sur le champ de bataille ?

Un doux vent se lève. De ma nef, je le sens. Ma situation devient intenable. J'ai laissé partir mon ami. À ma colère succède une nouvelle colère. La donne change. Le royaume des ombres s'est approché de moi. La prophétie du devin se réalisera. Je dois venger Patrocle et anéantir Hector. À cette heure, c'est lui qui détient mes armes, qui furent celles de mon tendre ami.

Le soleil luit haut dans le ciel, un soleil de mort cet après-midi. La guerre prend son sens désormais. Je dois mourir pour honorer Patrocle et le rejoindre. Alors nos cendres seront mêlées. Au-delà de cette terre, les événements n'ont plus d'importance. Je me rêvais olivier de Phthie, je suis papillon de

Troade. Ma vie éphémère a l'éclat de la beauté. Plus rien ne compte à mes yeux. La prise de Troie ne suscitera aucune joie. À quoi bon délivrer Hélène quand on m'a pris Briséis et que Patrocle est tombé pour l'honneur perdu de ces ordures de chefs grecs ?

Les orages grondent. Personne ne sortira vivant de cette guerre. Interdit de bafouer certains principes. Hector retrouvera les vautours et les serpents. Agamemnon jouit d'un répit, mais il est déjà mort et l'ignore.

Les appels solennels retentissent. Aucune dérobade possible. La colère n'est plus un prétexte pour bouder le combat. Elle anime mes passions. À mon tour de revenir dans le jeu sanglant. Aucune échappatoire pour personne. Je suis affranchi de tout scrupule. Briséis enlevée, Patrocle tué, quoi ? Le retour n'est pas pour moi. Je périrai avant la prise de Troie. Celle-ci n'aura aucune importance. Le gain s'efface devant l'effort. J'ai déjà tout perdu. Ce que j'ai à gagner ne se compte pas. Autre valeur, immatérielle et dorée.

Le cri des armes

Les héros souffrent aussi. Une rage brutale me saisit, l'envie de mourir, le désir de néant. Je ne puis contrôler mes membres. La passion est trop forte. Comment le chagrin peut-il électriser mon être, mon cœur, mon âme ? Mes jambes chancellent, mes bras tremblent, ma tête mugit. La colère jaillit comme une flamme. Les torches des dieux m'encerclent. Qui fut plus indomptable que moi en cet instant ? Aucune porte ne résistera à ma force, et surtout pas les portes Scées, afin que j'en termine avec Hector qui m'a pris Patrocle.

La fièvre gagne. Ma mère est attendue, et avec elle les armes divines. La déesse me protège et m'enveloppe. Ces nouvelles armes seront plus belles encore que celles offertes à mon père par les dieux, dont se pare aujourd'hui Hector. Il en est un de trop, ce sera lui ou moi.

Je te crèverai, fils de Priam, pour venger mon ami, dussé-je ne pas survivre longtemps à cette lutte sans merci. Jusqu'à présent, les dieux t'ont couvert, mais un jour aussi ils te lâcheront. Zeus jouira de te voir défait, toi qui effrayas tant nos armées au point qu'aucun ne put t'inquiéter, pas même le courageux Patrocle. L'heure approche, je préfère m'enivrer de la mort avant de la provoquer. Je me suis tant retenu dans le conflit par la faute d'une colère qui m'a emporté. Mon absence dans la bataille prend fin. Achille revient, non par pitié envers les Grecs qui endurent défaite sur défaite, mais par souci ardent de rétablir une justice face aux hommes et aux dieux. Puisque je dois tomber et ne jamais revoir mon père et mon fils, ni notre douce Phthie, que je périsse en héros et que pour les siècles l'on se souvienne de mon ardeur sur le théâtre des opérations.

La veillée. La lune illumine le ciel. Le soleil trônera demain au carnage. Je reconstitue mes forces avant le choc. J'accomplis mes offrandes. Aucune divinité de l'Olympe ne sera oubliée. Je porte le suprême nectar à mes lèvres, libation sacrificielle. J'honore le cosmos et les éléments, je respecte l'ordre du monde, les astres et les étoiles. Les flots me rappellent ma mère et les Néréides, cette Méditerranée qui m'a emmené jusqu'à la côte de la sainte Ilion et que je ne verrai plus, parce que je dois périr ici.

Les dieux nous envient, nous autres mortels. Ce que nous vivons est unique, doté d'une inestimable valeur. L'instant resplendit d'un éclat inouï, dont les hommes se souviendront. Je respecte la religion non par devoir ou par crainte, mais à cause du sacré qui anime le monde et qui m'anime. Les dieux peuplent nos pensées et nos songes, nous rappellent les hautes préoccupations, les joies et les peines profondes, dessinent les limites de nos désirs. D'une humaine condition, nous aimons, nous souffrons, nous luttons. Nous ressentons intensément la vie. Les dieux ont l'immortalité, mais ils s'ennuient. C'est pourquoi ils se mêlent des affaires humaines et jouent de nos travers.

Ma mère m'aime. Elle me protège. Elle m'offre les armes forgées par Héphaïstos, les plus belles qu'un guerrier ait jamais portées. L'heure sévère est proche. Je suis prêt, éclatant de lumière et de beauté. Mon retour dans la guerre et dans la vie est une marche vers la mort. Que puis-je attendre ? que puis-je espérer ? Ma nouvelle armure me fait revivre. Un ciel succède à un autre ciel. Vêtu de mes anciennes armes, Hector doit mourir. Malgré sa bravoure, sa place n'est plus dans le monde des vivants. La javeline ne l'épargnera pas, lui qui envoya tant de Grecs dans l'Hadès. Celle de Chiron lui transpercera le cœur.

Je suis un guerrier, appelé au combat. Autrefois, à Skyros, le bruit des armes m'a démasqué et emmené vers la guerre de Troie. L'œuvre d'Héphaïstos m'y projette à nouveau. Je me révèle à moi-même, je trace ma destinée. Chacun tient son rôle, mais combien espèrent survivre à une guerre qui les dépasse ? L'enrichissement, le confort, le retour, à cela se résument leurs désirs. Que les glaives parlent désormais ! Que le choc retentisse à travers l'univers. Jamais je ne me suis senti si beau, si intraitable qu'en cette cuirasse. Personne n'a eu droit à un tel honneur. Mes muscles sont protégés d'un étain victorieux, soudé à mon corps.

Sur le bouclier, figurent toutes les scènes de la vie : le cosmos étincelant avec la terre, le ciel et la mer, le soleil et la lune, les étoiles et les constellations. Tout est là réuni : la fête et la guerre, la joie et la peine, la ville et la campagne, l'humble ferme et le domaine royal. Le fleuve Océan gravé cercle l'extrême bord. Le théâtre du monde se joue sur cette arme, où les coups vont s'abattre. La vie est sévère, dure. La lutte est en son sein. Que la douceur de ces paysages et de ces festins adoucisse la cruauté du sort qui frappe chacun d'entre nous.

En recevant cette arme, je songe aussitôt à ce monde que je vais quitter. L'heure n'est pas immédiate, mais se rapproche. Il faut en accepter la marche. De ma mère, je reçois d'autres équipements indispensables : un casque que surmonte un cimier où tremblent des crins d'or, de bonnes cnémides avec des couvre-chevilles d'argent et une cuirasse au vif éclat. Héphaïstos les a forgés avec un si grand soin que tous sont émerveillés à leur vue.

À cet instant, la guerre s'apprête à virer de bord. Mon retour change la donne. La valeur de l'homme décide de l'issue. Le héros se fait plus grand que la bataille. Une houle inconnue s'écrase sur le rivage d'Ilion. Les aigles tournoient dans le ciel. Un tonnerre inattendu retentit. Mon cri déchire l'espace. La passion emporte tout. Me voilà empli des rayons du soleil, doté des armes divines, porté par ma mère : il est temps de sortir de ma tente et de jeter les Troyens dans la déroute en ne laissant personne s'emparer de la victoire. Hector mourra, Troie tombera, Achille rugira jusqu'à la fin des siècles, longtemps après que les serpents auront occupé la plaine de la guerre et dansé sur sa tombe.

Thétis, ma mère, tu m'as toi-même offert les instruments de ma gloire et de ma perte. Quelle douleur d'envoyer à contrecœur un fils à la mort ! En soi la mort n'est rien, la fin de la vie est plus cruelle. Tu l'ignores puisque tu es immortelle.

Bien sûr je périrai, suis-je pour autant un homme comme les autres ? Jamais la singularité n'a résonné en moi aussi fort qu'avant ce retour dans la guerre. Les cloches d'or retentissent, les cloches dernières, celles qui nous rappellent avec effroi la fin du séjour. Le glas est lent, solennel et funèbre. Le soleil brille haut dans le ciel. Un vent sauvage se lève qui agite les toiles de ma tente.

J'attache les jambières, passe la cuirasse, saisis le bouclier, pose enfin le casque. Il ne me reste plus qu'à prendre la lance, offerte par Chiron à mon père et que seul je peux porter. Tout est prêt, que le drame s'accomplisse.

Le destin me dicte un comportement dont je ne suis que le jouet. Je ne contrôle plus rien. Annoncée, ma mort s'approche. La souffrance me gagne, pas l'inaction. J'ai hâte de mettre un terme à cet état de douleur et de peine. Quel sens à la libération de Briséis, si Patrocle n'est plus, quelle joie à la victoire si Agamemnon pavoise à l'idée de mon retour ?

Mes sens me trompent. Même Xanthos, mon cheval, subitement doué de parole, m'annonce une fin rapide. La fièvre du combat projette dans un monde surnaturel. Tout est oracle. Chaque symbole augure la fin. Tout ce qui est fugitif renvoie à la mort éternelle. Cet aigle dans le ciel prédit que mon corps sera bientôt sa proie. Je n'ai jamais reculé. Plus brillant que le soleil, j'avancerai dans les profondeurs de la plaine et terrasserai jusqu'au dernier des Troyens. Ma lumière les aveuglera. Je leur causerai plus de souffrances encore que ma colère en a valu aux armées achéennes.

Ô mystère du monde, je m'avance vers toi dans une seconde naissance. Purifie mes outrages. J'ignore ce que j'accomplis, toute destinée s'échappe. Voilà neuf ans que nous avons combattu en vain. Tout est à recommencer. Dès lors que mon pied franchira le seuil de cette tente, plus rien ne pourra me retenir. Sans fards, je livrerai mon corps aux forces de la vie. Je ne reverrai plus les miens. Mon retour est un adieu.

Une dernière fois, j'aperçois la cithare prise à la cité d'Eetion, que seul je parvins à détruire. Elle évoque des souvenirs aussi doux que le miel. Sa traverse d'argent lui confère une majestueuse sonorité. Je ne chanterai plus les exploits des héros, c'est moi que chanteront les hommes à venir. Chiron, reste en mon cœur, dans le silence de la nuit et dans le vacarme de la guerre. Tu m'as tout appris : à chanter, à combattre, à aimer. La guerre est un art lyrique avec sa poésie noire, ses souffrances, son malheur. Les cordes de cette cithare résonneront encore dans la poussière d'or et la lumière. Notre beauté et notre jeunesse jamais ne disparaîtront. Je désire et je brûle. À cet instant précis, une larme envahit ma paupière. Bien des épreuves tourmentées m'attendent, alors que je m'apprête à quitter la douceur des voluptés. Ma gorge est lourde et la délivrance proche.

Tuer en série

Le meurtre crée une jouissance comparable à l'amour. Tuer procure l'ivresse d'une puissance infinie. Je n'ai pas arraché la vie aux soldats ennemis par raison. La guerre m'a soulevé. Patrocle est mort. Les tueurs doivent disparaître à leur tour. Que ma vengeance soit une fête ! Et le carnage un spectacle. Chaque Troyen doit périr. De leur gorge, le sang jaillir. En écrasant leur cadavre, je fais surgir leurs viscères. Rien ne doit subsister. Que les corps retournent à la terre. Le destin s'achève en poussière. Ma cruauté n'a d'égal que l'intensité de la vie.

Je n'ai pas porté la main contre les Grecs. Ils se sont effondrés d'eux-mêmes. Je combattrai à la prise de Troie jusqu'à mon dernier souffle. Ma détermination est totale, absolue. Je m'y abandonne à corps perdu. Quel amour, quelle amitié sauraient me retenir ? Je tue pour survivre en une frénésie désespérée.

J'ai décimé tant d'hommes. Un seul m'importait, le divin Hector. La mort de Patrocle a tout changé. Je n'aspire plus qu'à venger mon cousin. Le fils de Priam concentre mes griefs. Ce chien m'a ôté ce que j'avais de plus cher : un doux ami. J'enrageais de voir Briséis prisonnière, j'éclate à la mort de mon compagnon.

Plus rien ne compte désormais. Ma seule morale est de piétiner le champ de bataille le plus avant possible et de frapper en son sein l'armée troyenne. J'avance, je plante ma javeline en frêne à travers mille corps de soldats.

Je rugis dans la plaine, le soleil est au zénith. Apollon les protège, mais je n'ai que faire de ce dieu retors. Il couvre Hector aussi loin qu'il lui est permis. Il ne m'enlèvera pas le désir de vengeance.

Une fois les peuples en guerre, la violence draine l'énergie, élève au sublime, apprivoise le goût du risque. La guerre introduit au cœur d'éternels mystères. Des villes, des îles, des pays ont combattu pour le maintien de leur liberté.

Des forces ténébreuses me mènent. Dans l'obscurité, j'avance à tâtons. Seule mon arme fraie un chemin. La douleur fait perdre raison. Ni le ciel ni les dieux ne sont plus d'aucun secours. Je tue, je tue, je tue tout mon soûl. Que Troie et ses chefs tombent, mais que les Grecs n'en tirent aucun profit.

Cette guerre est un jeu de dupes. Qui croire ? Qui est sincère ? Hector défend sa cité sans génie. Il rêve de m'affronter et compte en retirer le bénéfice. Il espère combler la vanité de Priam et lui succéder sur le trône de la sainte Ilion. Mais je me dresserai sur sa route. Il périra comme les autres pour le plus grand malheur de sa femme et de son fils.

Les nefs grecques encerclent Ilion. Les voiles noires des Myrmidons annoncent la mort. S'il est certain que l'aller fut à sens unique, je veux montrer à l'univers qu'Achille est sans rival et, s'il rend l'âme, que ce soit dans un affrontement ultime où seule la volonté d'un dieu l'arrachera à ce monde.

Avançant à grands cris dans la plaine, j'aperçois d'innombrables violettes, augures des morts à venir. La souffrance et le deuil se répandent dans les cœurs et sur les routes. Seigneur de la guerre, je draine le feu de la colère sur mon passage. Tout s'embrase sur le chemin jonché de corps. Le sang coule des cadavres, les vivants n'ont que leurs larmes.

Aucun Grec n'ose me suivre, tant ma violence les effraie. Nul scrupule ne m'arrête. Ma morale n'est pas de ce monde : des vivants aux dieux, ma fougue transcende les êtres. La tâche est immense : je ne demande secours à personne. Le monde croulera sous mes assauts.

Je ne défends aucun étendard. Je ne combats ni pour l'argent, ni pour la conquête de territoires. Que m'importent ces biens qui m'encombrent ? Mes aspirations touchent à un autre monde. Je massacre, je bondis, je hurle comme un fauve que rien n'arrête. Je me moque bien de franchir l'autre côté du portique.

Aucun regret ne me saisit au souvenir des Troyens tombés sous mes coups. Combien ont reçu assauts de lances et de glaives dans leur poitrine ? Tant ont vécu qu'il serait vain de les compter.

Pas un que je n'ai percé, hormis ceux protégés des dieux, qui ont eu la vie sauve. Que n'ont-ils laissé une chance à Patrocle ? Des guerriers grecs, je serai le plus farouche, le plus intraitable.

Ce retour dans la guerre, mon accomplissement. J'éprouve le sentiment d'une révélation. J'excelle dans le massacre, repoussant les frontières de l'humain. Je serais resté à Phthie, j'aurais mené une existence médiocre sur un étroit sentier. L'étendue de Troie élargit l'horizon. La guerre est longue et dure, mais tue l'ennui d'une triste vie.

Mes combats qui précèdent l'affrontement avec Hector comptent parmi mes plus radieux moments. Rien ne semble me résister. Les ennemis tombent les uns après les autres. Ma présence seule infléchit le cours de la guerre. Nul besoin d'armées nombreuses pour changer la marche de l'histoire. Un Achille suffit à renvoyer les Troyens derrière leurs remparts.

Les éléments sont avec moi. Je précipite les ennemis dans le fleuve, qui se teint de leur sang. Le rouge inonde les alentours. La nature nous est clémente.

J'invite les Grecs au ressaisissement. Ils retrouvent courage et envie. Repliés jadis sur leurs nefs, ils occupent la plaine et préparent la conquête suprême. Les grandes victoires ne vont pas sans démence. La vie m'anime si profondément que la pensée de la mort ne m'effleure pas.

Pourquoi faut-il que nous combattions sans cesse ? Aucune position n'est acquise. Le temps renverse postures et acquis. Rien ne demeure figé, pas même le souvenir qui s'estompe avec les ans. Cruauté de la jeunesse qui passe. Amour de la vie, tu me tiens. Que d'âmes ai-je envoyées au gouffre infernal ! Si je n'avais tué tous ces hommes, ils se glorifieraient aujourd'hui d'avoir jeté le divin Achille à la mort, celui que nul n'osait affronter. Il n'en a pas été ainsi. Ma loyauté dans le combat ne m'a pas donné une vie longue, ni même la joie d'éprouver les frissons de la victoire. Le rideau s'est abattu avant. J'ai œuvré de toutes mes forces, de toute mon âme.

La guerre est un théâtre dont la mort indique la sortie. Des rôles principaux s'effacent vite. Des personnages secondaires se maintiennent, qui ne se sont pas épuisés au combat. Normal qu'ils durent. La passion éprouve, la passion épuise. L'ardeur belliqueuse consume en entier. Le plus douloureux est d'avoir à quitter le champ de bataille, contre sa volonté, enlevé par des forces régnantes, cependant que la lutte intense et sauvage se prolonge en l'absence du guerrier.

Ma vie brûle. Les dieux m'ont été favorables. Comment aurais-je pu goûter encore à tant de délices ? La transe en poésie, l'ivresse dans la guerre, l'intensité dans l'amour. Mon cœur se fracasse à chaque vague qui heurte le rivage. Tout événement se présente comme une nourriture savoureuse. Je dévore chaque plat dans l'allégresse, et la douleur même, si pénible, m'est source d'expérience où l'infini se profile.

J'éprouve la puissance, la vie et la mort. Mon corps frémit de plaisir lorsque la javeline transperce la chair d'un adversaire. L'arme forte et puissante pénètre les muscles tendres dans un jaillissement de sang, dont les gouttes présagent la victoire. Un vertige érotique m'anime. L'homme qui croule devient ma créature. Une fois crevé, il ne m'intéresse plus. Je ne désire que le moment où il va franchir le monde des vivants pour celui des ombres. Puis, je continue, vorace.

Une victoire entre toutes m'est chère, celle où j'envoie Hector aux Enfers. Je le hais et je l'aime comme un frère. Il est mon double troyen. Sa bravoure a causé tant de dommages aux Grecs. Hector appliqué, serviable, obéissant, réussit tout dans sa vie. Son nom auréolé de succès s'impose comme celui du plus fameux des fils de Troie. Enfant chéri de son père Priam et du dieu Apollon, Hector sait respecter les canons de la beauté. Droit, valeureux, prudent, pas une vertu qu'il n'ait.

Hector doit perdre, je dois le tuer. Hector, le héros de Troie, comprend trop tard les lois de l'histoire, qui s'abattent sur lui comme la foudre sur le chêne. Les dieux réclament sa mort. Devant moi, il ne se dérobera pas. Au trépas, il en appellera à la gloire. Plus question pour lui d'avoir recours à ceux qu'il implorait si bien dans la victoire, mais qui dans l'écueil l'abandonneront. Pauvre Hector, seul face à Achille, dépourvu d'aide, sans une main amie ! À quoi bon crier ? La proie est capturée. Le plus fort rempart de Troie s'effondre. Tout s'achève, Hector. Dans ton malheur, tu désires le souvenir des hommes à venir. Tu oublies que cette guerre est celle d'Achille. Tu expireras couché, gémissant, dans la poussière de ta plaine natale. Il sera trop tard pour verser les offrandes à Apollon. Toi aussi, tu auras été berné par les dieux, jouet de leurs caprices. Le bon plaisir de Zeus t'est désormais étranger. Péris !

Je veux te voir gisant à mes pieds, dans les armes que tu as dérobées à Patrocle et qui étaient miennes. Ta mort m'importe plus que la chute de ta cité. Les mobiles de cette guerre n'ont jamais compté pour moi. Rien ne m'est plus étranger que ces calculs politiciens dont les traces s'effacent aussitôt que la vague entame son reflux. Dès qu'elle fait rage, seule la guerre est mon affaire. Hector, tu mérites ta part. Tu peux être fier d'avoir succombé au glaive d'Achille. Ma javeline, brillante comme l'étoile, a percé ton cou. Tes genoux ont fléchi. Jamais mort ne me causera tant de bonheur.

Dans les chocs du combat, tous les hommes sont frères. Tous ceux qui sont tombés méritent l'estime. Vainqueurs et vaincus communient dans une même acceptation. Un chant de plainte et de souffrance émane du chœur des guerriers. Les voix bouleversantes atteignent jusqu'à l'âme. La mort est belle parce qu'elle est dure. Elle arrache ce qui est le plus cher aux hommes, la vie, et repousse dans les ténèbres où errent les fantômes. La loi du destin triomphe. Que l'humanité la contemple.

La force de l'âge

Je ne connais que la force de la jeunesse qui enivre. Le corps se développe chaque jour jusqu'à la mort, qui approche. Les soleils de la vigueur ont accompagné les efforts. Les dieux jouissent de l'immortalité. Ils ignorent ces inquiétudes grandissantes à mesure que l'âge avance. Ceux qui provoquent les conflits sont vieux, ceux qui combattent sont jeunes. Ceux-là feraient eux-mêmes la guerre, qu'ils se garderaient de la déclarer.

Dans les moments d'épuisement, je sens le soir m'envahir. Pas question pour moi d'endurer la décrépitude. Je ne veux pas survivre à ma fougue. J'observe trop la sévérité des vieux autour de moi. C'est un grand malheur d'avancer dans la nuit. Le soir qui monte me jette dans une noire tristesse. Je n'en veux même pas souffrir l'idée. Ces cous gras, ces ventres ballonnés, ces tempes grisonnantes m'effraient.

Les flambeaux du destin ne soutiendront pas longtemps ma course. La froide Cimmérie m'appelle. Je paierai mon orgueil. Je me suis pris pour un dieu, ou pour le plus grand des mortels. Je voulais vaincre la gloire des vieillards, la violer et me l'approprier. J'aurai offert la grandeur à la jeunesse.

Aujourd'hui les ombres me cernent. Je regrette mes pensées de jadis. La souffrance consume, torture. Engagé dans une fulgurante démesure, je n'ai pas survécu à la spirale. De mon vivant, il était insupportable de lutter pour de vils chefs ; des Enfers, je pleure la terre et ses plaisirs, effacés par le chagrin. J'ai tant libéré ma sauvagerie, qu'arrivé à l'âge d'homme, je ne pouvais durer. Les dieux et les vieux m'en voulaient de ma jouissance. J'ai bramé de plaisir, dans l'amour et dans la guerre. Mon cri a retenti par tout l'univers, qui ne s'en est pas remis. Les étoiles en tremblent encore. Antique barbarie, appétit félin, comme j'ai croqué mes proies ! La profondeur du désir appelle les profondeurs de mes entrailles.

Je m'étonne d'avoir toujours su garder sang-froid et tempérance dans les situations les plus aiguës. Je ne tue pas Agamemnon lorsqu'il me vole Briséis, ma plus belle conquête. La sagesse retient mon bras. Je ne tue pas Priam lorsqu'il me réclame le corps de son fils. Avec audace, il franchit les portes du camp grec. Son courage me touche. Jamais il n'a craint que je ne le frappe au visage. Ses paroles sur mon père m'ont ému au plus profond. Je respecte la vigueur du patriarche de Troie. Il règne avec majesté et porte dignement le poids de ses ans. Il me retourne et me chavire. Il connaît tous les recoins de sa région. Quel chef grec en sait autant sur ses propres terres ? Les profiteurs sont enfermés dans leurs palais. Pas un ne conduit un char. Ils se retrouvent, font bombance et se complaisent du sang versé par les Grecs. Lorsque Priam réveille le souvenir de mon père, Pélée vieil homme accablé de maux et de souffrances, qui sut séduire une déesse, je frémis de tout mon être. Les sanglots fondent sur mon visage. Je frissonne. Offrant ses mains à mes genoux, il évoque Hector avec superbe. Jamais la vieillesse ne m'est apparue si respectable, si pure. Priam reflète la grâce des dieux qui ont l'éternité. Il a vu nombre de ses fils jetés dans la mort par mon bras, à commencer par le premier d'entre eux, l'étincelant Hector.

Ce dernier ne fut qu'un bon fils. Il servit sa patrie sans génie. Il eut raison tout le temps. Il pensait qu'en combattant bien, il se maintiendrait. C'était sans croiser sur sa route Achille aux pieds rapides. Le meilleur des Troyens a aussi fini la tête dans la poussière sous le regard affligé des siens : femme, fils et père. Hector avait toutes les qualités, sauf l'aura d'un dieu. Comme tous les fils de roi. Il devait crever comme un chien.

Les pleurs de son père sont contagieux. Son deuil réveille le mien : Patrocle, mon doux ami, te voilà parti loin. Nous nous retrouverons dans le sommeil éternel des Enfers. Devant Priam, je prends la mesure du temps.

Moi aussi, je suis père. Où es-tu Néoptolème, fils solaire ? Vis-tu encore ? La distance nous sépare. Je t'ai à peine connu. Tu es un garçon maintenant. Neuf ans de guerre, l'éloignement, les jours heureux à Skyros, ces souvenirs étouffent mon cœur. La peine qui m'étreint se fait trop vive. Le ressouvenir d'une mémoire enfuie est aussi cruel que la mort. Il faut encore lutter, batailler jusqu'au dernier souffle. Les paroles ailées de Priam m'émeuvent : je lui accorde toutes ses doléances parce qu'il n'est pas le roi de la puissante Troie pour rien. Jamais le mot de noblesse n'a mieux convenu. Il fallut que ce soit le prince de la sainte Ilion.

Je ne me remettrai pas de cette entrevue, parce que le retour m'est interdit par les dieux, parce que ni mon père, ni mon fils, ni mes bien-aimées ne s'offriront plus jamais à mes yeux. Priam a bien joui de sa vie. Ses jours furent lumineux et prospères. Dans les cruelles épreuves, il sait se montrer digne. J'ignorais cette beauté de la vieillesse. De la voix du patriarche s'exhale une profondeur dont je n'avais pas conscience : qu'un père supplie l'assassin de son fils de lui rendre le corps trépassé, tout en rendant hommage au vainqueur. Je me moque de son offre de rançon. Ma logique n'est pas celle-là.

Personne ne me rendra Patrocle. Le retour de Briséis est gâté par le chagrin. Certains hommes sont des fleurs, d'autres des arbres. Ma vie ressemble à une rose, au passage éphémère, au souvenir éternel. Une éclosion en clin d'œil. Priam porte sur son visage les charmes de l'olivier. Les plis des ans n'entament en rien sa grâce.

Comment oublier cette scène où il est venu jusqu'aux nefs des Myrmidons ? Situation où se mêlent tant de perceptions :

beauté, sagesse, chagrin, tenue, la mer, la voûte étoilée. De ce jour, je considère autrement la vieillesse. Je ne croyais qu'en la force, en l'action libératrice. L'épaisseur de l'expérience m'apparaît. Je respecte l'âge du vertueux Priam. Dans ses paroles, nul gémissement, plainte, aigreur, jalousie ou amertume. Que de vieillards s'enferment dans la réaction ! Les métamorphoses de l'âme accompagnent celle du corps. Combien de vieux chefs grecs ai-je connus, incapables de compassion ? Ils prétendent défendre leur patrie, ils ne songent qu'à leur coffre. Ils prônent la morale et sont rongés par les vices. Ils appellent chacun au dépassement, s'accrochent tant qu'ils peuvent à leurs places, distribuant largesses à leurs amis.

C'est contre eux que j'ai choisi mon destin. Une vie intense, même brève, vaut mieux qu'un cruel confort, où l'on ne survit qu'à force de lâchetés avant que la mort ne vienne vous saisir. Quitte à affronter le grand passage, autant être dans la plénitude de sa force.

Priam croit que je pourrai revoir mon père. Il ignore tout des passions qui m'animent. Il me demande de le comprendre, lui, le vieux patriarche malheureux, mais quel effort fait-il pour soigner les blessures qui ravagent mon cœur ? J'abrège notre entretien. Encore quelques instants, Priam aurait eu la gorge tranchée. De nouveau, j'ai su contenir ma colère. Et sauver les apparences. Quelle tempête ne s'est pas levée en ma poitrine ! Les eaux de la mer m'auraient noyé dans le chagrin.

Je désire quitter ce monde qui m'a tant donné. Chaque jour qui passe, je sens le terme approcher. Le soleil réverbère la lumière. Avec peine, je tente de me frayer un chemin. Les combats n'ont plus de sens.

Les plus grands guerriers ont aussi des sentiments. Ils répondent à ces élans si difficiles à maîtriser. La brise effleure mon visage et me rappelle l'inanité de ma situation : grâce à mon retour, les Grecs sont en passe de reprendre l'avantage ; Hector est certes sous terre, mais il a fauché Patrocle ; Briséis m'est rendue sans provoquer le retour de flamme escompté. Cette crapule d'Agamemnon me l'avait dérobée, il n'y a pas touché. Tant d'eau s'est écoulée depuis dans le fleuve, mes préoccupations me portent vers d'autres rives.

Au fond, la mort est une maîtresse plus fiable. On joue avec elle un certain temps, sûr de l'étreindre le moment venu. Elle ou nous sommes libres de provoquer la rencontre, sans risque de décevoir les attentes.

Priam est parti. Une sombre tristesse monte en moi. Je me présenterai aux portes de Troie. La vie est meilleure que la mort, mais en ces âges de fer des premiers matins du monde, c'est celle-ci qui gagne. Un jour, quelqu'un la vaincra. Nos dieux sont immortels, mais on les oubliera. Je n'ai plus qu'à me jeter comme un forcené dans les bras de la mort. Je refuse de survivre à ma jeunesse. Cette pensée me rassure et me conserve intact en ce monde. Je dois me préparer à dénouer les fils. Déjà plus rien ne me retient dans cette guerre : que la partie soit pliée ou non, la victoire n'a plus d'intérêt. Les Grecs ne s'entendront pas, si peu reviendront chez eux. Piller Troie, rendre Hélène à l'Atride Ménélas, dérision. Après ces années de lutte, m'en retourner à Phthie, quelle impasse. J'ai trop souffert de l'absence des miens, les revoir, alors que tant de lunes ont passé, serait plus douloureux encore. Toutes les voies sont donc cernées.

À l'aurore, demain, quand le soleil se lèvera pour signifier au guerrier qu'il doit se rendre à l'évidence, je porterai cette armure digne des âmes les plus farouches. Je ne jetterai aucun regard sur le passé. Chaque fois que je me retourne, l'émotion étreint mon cœur. Visages, paysages, promesses, duels, jouissances défilent au galop en mon esprit. Cette fois, l'heure du dernier effort a bien sonné.

Adieu jeunesse ! Générations, dites au monde comme je l'ai aimé. Vie enchantée, implacable destin, j'ai embrassé vos lois. En cette cérémonie, je vous transmets ma plus chère offrande : la dépouille d'un guerrier semblable aux dieux.

Baiser l'Amazone

Je n'ai pas besoin de guider mes pas pour savoir où je vais. Mon ultime effort me pousse vers Troie. Je sais que je trouverai là l'issue à mes souffrances. La grande cité n'est pas encore conquise que la plupart des Grecs songent déjà au retour dans leurs foyers. Les guerres échauffent les imaginations. On passe son temps à élaborer des plans secrets qui s'écroulent parce que les situations basculent dans l'imprévu. Je ne me pose même pas la question d'entrer dans ces jeux politiques.

Si, en ce jour béni des dieux, j'avance vers les portes d'Ilion, c'est moins pour la conquérir que pour y trouver ce que je cherche sans me l'avouer. Aujourd'hui j'ai tout connu des épreuves : deuils, colères, violences. Ce corps irradie des coups donnés et des coups reçus. Mon cuir est tanné de douleur. Je ne me suis jamais senti aussi fort. Je commence à me surestimer. Les fêlures ne vont pas tarder à apparaître. Avant de me rendre au fatal rendez-vous, je désire m'offrir un exploit digne des mythes, comme un ultime plaisir avant de tirer ma révérence. Cette guerre m'échappe. Les mobiles ne me concernent plus. Ma place est ailleurs. J'ai servi la Grèce avec ardeur. Je lui ai tout donné, jusqu'à ma vie. Ma seule part de butin : la traversée de mon nom vers d'heureuses époques. Que le souvenir de mes brûlures perdure ! J'ai refusé d'être berné par les politiques. La Grèce possède tant de parleurs inutiles. J'ai renoncé à les entendre : ils n'étaient pas les mieux placés pour diriger cette guerre. Ceux qui paient de leur sang sont méprisés. J'ai rappelé la valeur du soldat libre et fougueux afin que l'éclat du héros resplendisse dans l'avenir.

La mort ne m'effraie pas, non plus que la peur ne m'étreint. J'avance vers les portes. De nouveaux guerriers juchés sur de splendides montures défendent avec les Troyens l'imprenable forteresse. Ils galopent autour de moi, lançant leurs javelines. Un spectacle de chaos s'instaure. Je résiste à chaque assaut, quand surgit une monture d'une grâce exceptionnelle. Tout semble indiquer qu'il s'agit du souverain de ce peuple. Je ressens un choc devant pareille maîtrise. Voilà un digne adversaire à la façon d'Hector. Priam sait bien s'entourer, car manifestement il ne s'agit pas de Troyens, mais d'une armée alliée.

Au corps à corps, je veux combattre ce chef qui protège si bien les portes Scées. Lui aussi songe au combat direct avec le roi des Myrmidons. Il aspire à sa part de gloire en pensant vaincre le tombeur d'Hector. Ô l'insensé ! le téméraire ! L'acte est désespéré. Mon cri, surgi du plus profond de mes entrailles, résonne dans toute la plaine. Il provoque une panique telle que tous fuient à mon approche. Celui-là désire en découdre. Trop heureux de trouver un adversaire à ma mesure, j'exulte. La perspective du duel m'emplit de joie. Jeter à terre une nouvelle victime libère mon appétit de jouissance. La vigueur comblera mes dernières faims. La gloire se mesure au nombre d'ennemis terrassés. La colère et le retrait m'ont freiné dans l'exercice.

La lutte s'engage, violente et passionnée. Nous nous heurtons à coups de boucliers.

D'étranges sensations me parcourent le corps. Du combat se dégage un parfum, prémices de volupté. Nos glaives s'entrechoquent et jettent des étincelles dans les airs. Le mystérieux guerrier se révèle plus coriace que je l'imaginais lorsque je l'observais avant d'arriver aux portes de la ville.

La guerre est une drogue. Elle exalte, transporte, console, élève. Si elle n'était que mauvaise, les hommes la supprimeraient. La discorde règne dans l'univers. Elle finit par triompher. La mort emporte la dernière manche.

Aucun humain ne viendra à bout de moi. Il faudra des forces surnaturelles pour achever ma course. Ma puissance supporte tous les assauts. Mon adversaire présent ne saurait encore abréger cette vie que j'aime tant. Personne ne m'a jamais résisté, ni un homme, ni une femme. Je ne recule ni devant la mort, ni devant l'amour. Le désir s'aiguise. Mon corps s'impatiente.

Une transe. J'enfonce mon glaive dans la chair du cavalier. Un sang très pur éclabousse mon visage. J'en suis retourné. Fragile ennemi ! Il s'écroule de douleur. Bientôt son cœur ne battra plus. Un soulagement me retient, en même temps qu'un regret devant ce frère d'armes qui tombe. Je ne l'aurai jamais connu. Quels amis aurions-nous pu être l'un pour l'autre ! Avant de l'achever, je désire en guise d'adieu embrasser son visage. Stupeur lorsque j'ôte son casque : une femme aux traits clairs expire. Son ventre baigne dans le sang. Elle crie de douleur ; atroce hurlement de celle qui s'efface.

En un mouvement, cette créature dont j'ignore jusqu'au nom provoque en moi une passion fulgurante. Sur le bouclier encore attaché à son bras est gravé : Penthésilée, reine des Amazones. Quel malheur n'ai-je pas causé ! Une spirale folle envahit mon être. La sueur ruisselle de tous mes muscles. Mon cœur palpite. Pour la première fois, je ne sais plus ce que je fais. Cette maîtrise qui me caractérisait n'est plus. D'autres forces me gouvernent, d'autres pulsions.

J'arrache son armure sans précaution. Penthésilée résiste. La fin n'est pas encore venue. Un à un, dans le sang et dans le fer, j'enlève chacun de ses vêtements jusqu'à contempler son corps nu et mutilé. La reine est moins fière et moins hautaine, à la merci du demi-dieu. Tant qu'elle respire, je la viole pour calmer mes angoisses. La fureur de la guerre a ses paradoxes : je la pénètre avec volupté dans la douceur des roses et la force des chênes. Son cri de jouissance sera le dernier. En cet instant, jamais l'amour et la mort n'auront été aussi liés. Penthésilée expire. Son cœur ne souffre plus de vivre. Adieu reine, adieu majesté...

C'est autant moi qui meurs. Plus que jamais, j'ai senti le royaume des ombres m'aspirer. Quel crime la folie guerrière m'a entraîné à commettre ! Tuer la reine et la baiser ! La terre chancelle. La foudre me terrasse. Soudainement le ciel se recouvre de ténèbres. Ma vie s'effondre. Penthésilée, ma sœur, mon pendant féminin. Nous nous connaissons entre la vie et la mort. Les saules gémissent et fondent en larmes. À quoi bon porter des armes divines si déjà un pied plonge dans la tombe ? En enfonçant ses lèvres, mon glaive force la porte des Enfers.

Étrange sensation quand tout s'éclaire. Penthésilée, tu dévoiles l'impossible. Ton visage me dit : « C'est moi. » C'est toi, en effet, qui aurais dû être mienne à jamais.

Nous aurions uni l'aurore et le crépuscule. Nous nous serions fondus en une alliance sacrée que les dieux et les hommes nous auraient envié. Notre volupté se serait prolongée jusqu'aux confins de l'Occident. Une félicité inédite aurait comblé nos ardeurs et la lumière du soleil ennobli nos sentiments. Disparue, la guerre, évanouie, la haine, établie, la paix ! Naissance d'un monde réconcilié dans la beauté du nouveau matin.

Devant moi gît ce corps trépassé. Est-il chose plus belle et plus triste que la dépouille d'une reine morte ? En m'accouplant à toi, Penthésilée, je n'ai pas voulu t'humilier. J'ai cédé à ta grâce, tenté de sauver la dernière parcelle de vie qui te restait, cherché le secret en ton sein. Le plaisir fut infini, mais la chute féroce. Le vent glacé de la mort se lève, il enveloppe mon corps et me ligote en une souffrance éternelle.

Amazone sur un cheval noir, les chiens aboient sur ton passage. Tu effraies les timorés dans leurs certitudes. La nuit des Enfers commence pour toi. Nous nous y rejoindrons bientôt et notre baiser lourd de regrets n'aura pas de fin. La guerre nous a opposés, unis, séparés en un soupir. Les nuages n'ont pas même eu le temps de traverser le ciel. Tout est fini.

Pourquoi la vie fait-elle triompher l'impossible ? Amour impossible, victoire impossible, destinée impossible... L'inachèvement est parfait, l'interruption fatale. Tout guerrier que je sois, je ne regrette pas mon geste : la guerre a ses lois. Troie tombera sous l'assaut des Grecs. Le prix en est ma douleur qui ferme mon ciel. Quel horizon désormais, sinon une passion défunte ?

La plaine de Troie n'est plus qu'un immense cimetière. Je pleure atrocement.

Comme ma patrie est loin ! Mon père vieux et malade ! Ma mère, intouchable déesse... Où êtes-vous Chiron, Phénix, vénérables maîtres ! Et vous femmes de ma vie, Déidamie, Briséis, Penthésilée et même toi Hélène, beauté parfaite, éternel féminin. Et toi Patrocle, frère des jours charmants et terribles, je te pleure. Le grand passage s'approche. Il vient. En cet instant, je sens trop que les dieux me lâchent.

Un silence de ruine règne aux portes Scées. La mort triomphe. Le cœur lourd, j'offre à Penthésilée les honneurs d'une inhumation conforme à son rang. Je ne laisserai dire à personne que j'ai bafoué sa dignité et son intégrité en désirant sa chair à l'agonie. Un amour supérieur et irrépressible m'a guidé dans la fièvre. J'immole la reine des Amazones, guerrière sexuelle à la peau flamboyante. En la frappant, je n'ai écouté que ma fureur de chasseur. La mort d'aucun des Grecs vivants ne m'aurait dévoré d'un tel chagrin.

Parce que tout s'achèvera bientôt, je préfère rendre le corps de la fière Penthésilée aux flammes divines pour m'en rapprocher davantage. Ce sera mon tour de périr. Le sort a raison de mon orgueil. L'oracle résonne dans ma tête. J'ai trop vécu pour survivre. Le temps me recouvre d'un linceul rouge. Personne ne peut me tuer et j'ai rendez-vous avec la mort. Amour fugace, étincelle extatique, les plus belles fleurs se fanent. L'olivier de Skyros se souviendra de moi. Sur ma tombe viendront prier les princes.

La dernière flèche

Cette nuit, la voûte céleste resplendit d'astres. Jamais les étoiles ne m'ont été plus chères. Elles apaisent mon sommeil et m'offrent une indescriptible joie. Leur éclat perce l'obscurité, le firmament s'offre à l'infini. Un dialogue silencieux s'installe. Ne dit-on pas que les constellations racontent le destin ? Une infinie tristesse m'accable. Demain je succomberai. Je n'entrerai pas dans Troie. J'aimerais qu'une étoile m'invite à danser. Rien n'est plus malheureux que de mourir.

Ma faim est intacte. Je rugis toujours de plaisir face à la vie. Le véritable héros sait tant souffrir. Lorsque les dieux décident de le ramener au royaume des ombres, il se soumet dans la douleur. Ma mort ne tient qu'à une volonté divine. Aucun humain ne serait parvenu à m'arracher de cette terre.

Ce soir, il m'est impossible de trouver le sommeil, j'attends l'aurore. Elle viendra toute rose, précédant mon rendez-vous avec la mort. Je m'éprends de passion pour cette assemblée d'étoiles qui accompagna tant de veillées d'armes. Que d'années passées à combattre dans une guerre qui nous était si étrangère ! Je ne veux pas passer mes derniers moments à me rappeler le cours des événements. Grotesque rétrospective à laquelle je pourrai m'adonner aux Enfers pour combler mon ennui.

Je songe à nos compagnons grecs qui franchiront les murailles de la sainte cité par la ruse et par l'audace. Ajax, le tourmenté en quête de lumière ; Ulysse, divin roi d'Ithaque ; et tous les Myrmidons qui rentreront à Phthie sans leur chef. Ils vogueront longtemps sur le chemin du retour avec en leur esprit cette question : qui aura remporté cette guerre ?

Peut-il y avoir vainqueur à pareil conflit ? La guerre terrasse les hommes. Que gagnent-ils au fond à se combattre sans relâche ? Je ne dresse pas de bilan. J'ai rempli mon devoir en conscience, repoussant les humiliations de mes chefs. Le fauve ne se plie pas aux injonctions de la médiocrité. Il repousse les assauts de puissances étrangères. Affermir son aura dans son propre camp est le premier gage de maîtrise de la bataille. Tant de coups viennent de vos alliés...

Nul ne m'inquiète, mais tous m'envient. Ils ne méprisent pas la mort : ils la craignent comme un dieu en colère. Je n'ai pas cherché à la fuir, pas plus autrefois qu'en cette nuit étoilée où les constellations dessinent d'étranges symboles.

Je contemple mes armes. Qui les portera après moi ? Qui en sera digne ? Si seulement mon fils était à mes côtés. Il ne verra que ma tombe, si mes alliés m'en creusent une. La trace que je laisse sera chantée par les poètes. Ma souffrance n'est pas de ce monde. Mon passage sur terre m'a tout entier comblé, dans les joies et dans les douleurs. Je ne suis pas encore parti, mais déjà un pied s'enfonce sous terre. Les profondeurs m'appellent, les ombres m'aspirent. Tout héros que je sois, la loi s'applique, cruelle et sourde. Le destin s'impose même à la volonté des dieux.

Lorsqu'ils ont décidé de vous lâcher, vous êtes en sursis. Pour combien de temps ? Le jugement terrible tombe : on vous appelle à une autre nature, immatérielle. Chacun reçoit le message en temps voulu, contre lequel il ne peut rien, sinon gémir d'un éternel sanglot.

La nuit s'illumine, le ciel s'éclaire. Un tournoiement rose lancé comme un sortilège répand ses charmes. Aurore s'avance, et son cortège. Promesse de vie, en sa fragilité, elle m'inonde à chaque fois d'un immense bonheur. D'une voix immémoriale, je la chante. Au début du jour, toutes les promesses valent encore. La nuit tombée, les calculs et les froides combinaisons l'emportent. Le matin est propice aux espérances, à ceux pour qui la lumière est une victoire sur les ténèbres. J'aimerais danser, mais il faut faire la guerre. Finie, la poésie, plus d'instrument, adieu, le verbe, prends tes armes, elles susciteront des convoitises. Qui peut se vanter d'en porter de pareilles ?

Plus rien ne m'attire. Je ne me risquerai pas à tuer d'autres Troyens de peur de souffrir encore. Attendre que la mort me saisisse, voilà mon lot. J'avais sûrement quelque grande tâche à parfaire, comme tout être appelé à quitter ce monde. Aurore me jette dans la mêlée. Je pars vers Troie comme si j'allais conquérir la cité. Attitude suicidaire, même pour Achille. Ce ne sont pas les hommes que je crains, mais l'irrationnelle vengeance du dieu qui me poursuit.

Après m'avoir baigné de ses rayons sucrés, l'aube s'efface à pas silencieux. Son heure n'est plus. Je la pleure aussi. Cet éprouvant adieu me retourne dans ma chair. Elle m'apportait l'espérance, quand je ne croyais plus à rien. Elle était le salut dans ma nuit. Je quitte la constellation des astres. Je pénètre l'inconnu. Plus de repères, plus de lois, une seule règle prévaut : survivre à la déchéance.

À pas lents, je m'approche des murailles de la cité. Les guerriers des deux camps s'écartent à mon passage. Ils me craignent. Ma colère est vive. La solitude gagne. Mourrai-je donc seul ? Tout cela ressemble à un jeu. Je comprends seulement que certains ne cherchent qu'à durer. Tenir, s'accrocher, disent-ils. Esclaves de la vie, ils finissent chargés comme des mules. Tant d'efforts pour périr enseveli.

Vêtu de mon armure divine et de ma lourde lance, j'avance en courant. J'aime tant bondir d'un lieu à l'autre. La vitesse m'enivre, comble mon impatience. Personne ne rattrape mon rythme, pas même les oiseaux dans le ciel. Mon cœur résiste à toutes les secousses. Mieux vaut mourir en pleine santé, afin d'atténuer les souffrances. Mon corps éclate de vigueur : muscles fermes, pieds rapides, jambes souples, bras puissants. Je suis prêt à la traversée.

Le ciel s'encombre de nuages. Une voûte grise écrase la plaine. La terre est sombre. Le présage annoncé tarde à s'accomplir. Mon cœur s'échappe de ce monde. Je n'aspire plus à la mort des Troyens ni à l'écroulement des chefs grecs. Pour la première fois, je ressens un détachement, une lassitude. Je déçois mes protecteurs qui m'ont jusqu'alors gardé la vie sauve. Zeus le père est sans doute blasé de couvrir mes emportements avec indulgence.

Le terme est imminent. Autour de moi, la bataille : cris et chocs se mêlent à l'indescriptible tumulte du tonnerre. Je me retire, on n'a plus besoin de moi. La mort avance, je ne recule pas. Mon sang se glace. Tout s'abolit autour de moi. Éboulis de ruines, je m'apprête à vous rejoindre. J'ai trop donné la mort pour ne pas savoir quand elle se présente à moi. Je l'attends d'un instant à l'autre. Lorsqu'elle surgira, pourtant, elle me cueillera par surprise. Où peut-elle frapper ? On me prétend invulnérable. Les failles sont dans les fondations. Achille aux pieds rapides, m'appelle-t-on. Un grain de sable suffirait à mon effondrement. Aucun humain ne devine les fissures de l'édifice, mais les dieux savent.

Apollon, vieil ennemi, me guette. Il chasse. Je devine sa présence. Le guet-apens fonctionne. Je suis cerné. Les ténèbres recouvrent la terre. Pâris est apparu aux remparts de la cité. Jadis Hélène s'est présentée là dans tout l'éclat de sa beauté. C'est au tour de son voluptueux amant de se donner des gages de vertu en arborant un arc et des flèches.

De ses multiples lâchetés, il espère se laver. Le plus faible des Troyens me vise, ô triste retournement des choses. Faut-il que lui m'achève avec le soutien d'un dieu qui me persécute de sa haine ? Je ne suis pas encore au sol que tout s'éclaire. L'heure de la fin sonne. La mort cogne. Pâris décoche sa flèche qui vole dans les airs. Peu importe qu'il ait visé juste ou non, Apollon guide sa course. Elle me déchire au talon. Je m'écroule comme une tour frappée de plein fouet.

Un fracas éclate de la terre. Un vacarme jusqu'alors inconnu retentit par tout l'univers. Ineffable tumulte ! Le divin Achille se meurt abattu par le plus faible des hommes avec la complicité d'un dieu qui ne mérite aucun laurier. La guerre change de visage. Elle perd son plus grand héros, mais elle continue. Pour les siècles à venir, la guerre de Troie ne finira jamais. Je laisse aux Grecs le souvenir de ma bravoure et de mes exploits. En tuant Hector, j'ai entrouvert une faille dans la défense troyenne. Cette étape décisive franchie, tout assaut pouvait être envisagé.

Il m'a été refusé de voir la cité de l'intérieur. Je tombe au pied de ses remparts, lâché par mes protecteurs, abandonné de mes amis, loin de mes amours et de mon fils. Mon corps s'éteint. Mon âme rejoint une rive inconnue, brumeuse et froide, à laquelle je dois m'habituer en vue d'un interminable séjour.

De ma blessure, je souffre plus mort que vivant. Un tir a raison de moi. J'arrache la flèche du talon. Un sang noir s'échappe de la plaie. Mon pied souffre, mon cœur expire. À l'agonie, on me respecte encore. La poussière se dépose sur mon cadavre, sans qu'aucun adversaire ose bafouer ce corps qui inspire toujours la terreur. Le coup décisif m'éloigne de la terre. Ma force traversera les âges.

Les événements désormais ne me concernent plus. Les positions changent toujours. Rien de fixe ne perdure. Le fleuve charrie les alluvions de la mémoire et les déverse au fond de l'océan. Avoir été, n'être plus, voilà. Achèvement, regrets, soleil perdu. La vie a dévalé au galop. Mon char ne me portera plus. Un hiver éternel commence pour moi, les ombres froides pour seule compagnie. En sa trajectoire mon astre s'écrase en plein désert. Sentinelle d'amour, mon cœur chavire de chagrin, du chagrin d'avoir perdu la vie. Vivre est cruel, mais plus triste encore de mourir. Je l'éprouve trop dans les ténèbres du royaume souterrain, où triomphe l'ennui.

Tout est fini, sauf la guerre. Sous mille formes, Grecs et Troyens se battront jusqu'à la fin des temps. L'écho de ma colère charmera les âmes inquiètes et les cœurs ardents. J'ai tant désiré étreindre la mort qu'elle m'a déçu. Elle m'attirait si fort quand la vie jaillissait de toutes parts. Ses effluves m'enivraient. Je croyais la mort plus intense. Les diamants et les émeraudes, les beautés et les grâces, les étoiles et les mers ne suffisaient pas. Je rêvais d'un au-delà, d'un ailleurs, d'un seuil à franchir. Rien ne comblait ma satiété, pas même l'ivresse de la lutte, les corps déchiquetés ou les flots de sang. Quel ciel nouveau se présenterait, quel horizon dégagé de nuages ?

Ma vie fauchée, mes vaisseaux brûlés, mes armes délaissées, mes hommes abandonnés. Voilà des siècles que je pleure. La nostalgie de l'azur me submerge. Midi, je te célèbre. Dans l'été de ma force, le destin m'a enlevé. Mon corps sur la barque du Styx pour la seule traversée d'où l'on ne revient pas, y compris les demi-dieux. Lumière ma passion.

Le vent se lève sur la plaine d'Ilion. Les vagues ont effacé le souvenir des combats, latitudes égarées dans l'histoire. Les pulsions frénétiques reprennent par éclipses : rien n'est jamais ressenti en vain. Les fleurs enchantent le rivage et rappellent à l'âme de cueillir la beauté de l'instant, parcelle d'éternité.

Table

Mis en pages par DV Arts Graphiques à Chartres,
cet ouvrage a été achevé d'imprimer
par la Société Nouvelle Firmin-Didot, en juin 2006,
pour le compte des Éditions Bartillat.

Imprimé en France

Dépôt légal : août 2006
N° d'impression : 80191
ISBN 2.84100.384.1

CHV

ABBAS KHIDER

DER ERINNERUNGS-FÄLSCHER

Roman

Hanser

2. Auflage 2022

ISBN 978-3-446-27274-3

Umschlag: Peter-Andreas Hassiepen, München
Motiv: Private Collection / © NPL – DeA Picture Library / Bridgeman Images
Satz im Verlag
Druck und Bindung: CPI books GmbH, Leck
Printed in Germany

MIX
Papier aus verantwortungsvollen Quellen
FSC® C083411

»Es ist kein Verlaß auf die Erinnerung, und dennoch gibt es keine Wirklichkeit außer der, die wir im Gedächtnis tragen.«

Klaus Mann, *In meinem Elternhaus*

I

»Komm so schnell wie möglich her«, sagt sein Bruder am anderen Ende der Leitung. »Es ist so weit. Unsere Mutter liegt im Krankenhaus. Der Arzt sagt, es wird nicht mehr lange dauern.«

Said Al-Wahid sitzt in einem ICE irgendwo zwischen Mainz und Berlin. Draußen ist es grau und trüb, ein regnerischer Junitag. Saids Mutter war in den Jahren zuvor oft krank. In den vergangenen Wochen hat sich ihr Zustand verschlechtert. Sie schlief ununterbrochen. Nur für wenige Minuten am Tag war sie wach.

Said war bewusst, dass der Moment nahte, in dem der Tod, der alte, unerwünschte Gast, auf der Türschwelle stehen würde. Mit dem Vater und der Schwester wird die Mutter bald vereint sein. Im Himmel ist die Familie vollständiger als auf Erden.

In Mainz hat Said an einem Podiumsgespräch teilgenommen. Er ist auf dem Weg nach Hause zu Monica und seinem Sohn Ilias. Er überlegt, ob er am nächsten Halt aussteigen und mit einem anderen Zug zum Frankfurter Flughafen fahren soll. Mit dem Handy schaut er nach Flügen, die er buchen könnte.

Sein Bruder würde ihn niemals dazu auffordern, nach

Bagdad zu fliegen, wenn der Zustand ihrer Mutter nicht wirklich ernst wäre. Aber wie soll er nun schnellstmöglich dorthin kommen? Direkte Flüge gibt es seit Ewigkeiten nicht mehr. Ist der Bagdader Flughafen überhaupt in Betrieb? Während welchen Krieges wurde er geschlossen? Ob er seine Mutter noch sehen wird, bevor sie sich von der Welt verabschiedet? Hat der Tod ein wenig Mitgefühl und lässt sie noch ein paar Tage am Leben? Wartet er auf ihn?

Möglicherweise hat die Mutter es eilig, den Rest der Familie im Jenseits wiederzusehen. Keiner der Überlebenden ihrer Sippe hat eine Ahnung, wo der Leichnam des Vaters beerdigt wurde. Von den Körpern der Schwester und ihrer Familie fand man kaum noch Überreste. Im Irak, das weiß Said, drehen sich die Minutenzeiger nicht über Ziffern, sondern über Wunden.

Zum Glück hat Said seinen Reisepass dabei. Hätte er sich jemals an die Bequemlichkeit der letzten Jahre gewöhnt, hätte er ihn zu Hause liegen gelassen, als er nach Mainz fuhr.

Said ist noch immer jemand, der der Welt nicht traut. In der Fremde gibt es keine Himmelsrichtungen. Das weiß er aus eigener Erfahrung. Man sollte jederzeit dazu bereit sein, das Feld zu räumen oder mit dem Kopf gegen die Wand zu rennen. Die Fremde ist eine Fahrt auf einer verflixt langen Straße, die sich in Serpentinen schlängelt und ins Nichts führt.

Said wird nie jenen Sommertag vergessen, an dem er einen blauen Briefumschlag mit der Aufschrift »Förmliche Zustellung« erhielt. Er saß in jener Zeit viel in seiner Einzimmerwohnung in München vor dem Laptop und schaute Nachrichtensendungen zur Lage im Irak. Es gab heftige Straßenkämpfe zwischen den Anhängern des gestürzten Diktators und den US-amerikanischen Soldaten.

Diese grauenhaften förmlichen Zustellungen kannte Said bereits und wusste, welch große Gefahr in ihnen lauern konnte. Albträume vergisst man nie, man verdrängt sie nur und trägt sie doch mit sich herum. Seine Hand zitterte, als er den Brief öffnete. Oben stand der Name des Absenders: Bundesamt für Migration und Flüchtlinge. Oder hieß es in jener Zeit noch: Bundesamt für die Anerkennung ausländischer Flüchtlinge? Said spürte, wie sein Herz bis zum Hals pochte.

Es war der Bescheid über das Widerrufsverfahren bezüglich seines Asylstatus. Nach dem Sturz des irakischen Regimes, so hieß es in der Begründung, drohe ihm fortan »keine Verfolgung im Heimatland«. Die Rückreise sei zwingend. Oder besser gesagt: Ein grenzüberschreitender Fußtritt eines Polizisten ist unvermeidlich.

Den ganzen restlichen Tag über saß Said auf dem Sofa. Er starrte die Wand an und rauchte eine Zigarette nach der anderen. Er vermied es an jenem Tag, ins Bad zu gehen. Ihm war bewusst: Würde er vor dem Spiegel stehen und sich in die Augen sehen, würde er nicht anders können, als sich Vorwürfe zu machen, weil er dieses und nicht jenes getan hatte. Er hatte sich so oft in seinem Leben selbst geohrfeigt. Am Abend hatte Said gewaltige Kopfschmerzen. Wegen des ununterbrochenen Rauchens, aber auch, weil er seinen Kopf mehrmals gegen die Wohnzimmertür geschlagen hatte.

Am nächsten Tag erfuhr Said, dass er nicht der Einzige war, der so eine förmliche Zustellung erhalten hatte. Viele hatten diesen Brief bekommen.

»Der Himmel über uns blitzt blau! Staubig wie das Antlitz von Euphrat und Tigris. Sichtbar wie die blauen Flecken der Seelen bei uns daheim. Schmerzhaft wie die Wunden, die wir aus der Heimat mitgebracht haben. Aber nicht so wahrhaftig wie das Blau der Augen meiner Freundin«, sagte ein Kerl im Basra-Teehaus auf der Schwanthalerstraße.

»Man hat entschieden, uns alle abzuschieben«, sagte der Teehausbesitzer. »Vor einigen Jahren waren es andere Nationalitäten. Menschen aus den Balkanstaaten, aus Afghanistan. Nun also sind wir dran.«

»Die Afrikaner werden zu jeder Zeit rausgeworfen«, sagte wieder ein anderer. »Sie sind Dauergäste in den Abschiebezentren. Diese sind ihre Wahlheimat.«

Niemand konnte darüber lachen.

Saids Leben in Deutschland neigte sich, so schien es, dem Ende zu. Sechs Jahre verloren schlagartig ihre Bedeutung. Die Arbeit. Die Ausbildung. Die Freunde. Die Träume. Die Zeit, die Said damit verbracht hatte, die deutsche Sprache mit ihren Millionen Ausnahmeregelungen zu lernen. Es war, als ob Saids Leben kein Leben wäre, sondern ein überflüssiger Satz in den Akten der Behörden: Jeder konnte ihn mit einer flüchtigen Bewegung wegstreichen. Es war ein wertloses Leben, nur ein Furz am Rande aller Welten.

Der Teehausbesitzer, der zu allem Erdenklichen eine Meinung hatte und sich mit derselben Bestimmtheit zu Gentechnik und Unterwäsche äußerte, empfahl, Rechtsanwälte aufzusuchen, die auf Asyl-, Aufenthaltsrecht und Widerrufsverfahren spezialisiert seien. Er sprach auch von einem berühmten Einheimischen, der noch nie einen Prozess verloren habe.

Said Al-Wahid fand die Adresse und Telefonnummer der Kanzlei Nussbaum & Partner im Internet. Doch er rief nicht selbst an. Er sprach zunächst mit seinem Chef in der Reinigungsfirma, für die er zu jener Zeit arbeitete. Said bat ihn darum, in seinem Namen einen Termin mit der Kanzlei zu vereinbaren. Der Chef war verständnisvoll und erledigte den kurzen Anruf. Said bedankte sich mehrmals bei ihm und schenkte ihm ein halbes Kilo Baklava.

Es war besser, wenn die weißen Inländer solche Angelegenheiten unter sich erledigten. Wohnungssuche, Termine aller Art, Formalitäten sollte jemand wie Said nie allein angehen. Das war das Terrain der Einheimischen. Ihre Tätigkeit gab den Sachbearbeitern, Beamten und Angestellten das Gefühl, etwas Besonderes zu sein, etwas Göttliches. Sie redeten nicht gern mit den kümmerlichen Geschöpfen selbst, sondern sprachen lieber zu einem und durch einen inländischen Gesandten mit ihnen. Die unmündigen Ausländer brauchten einen hilfsbereiten Einheimischen an ihrer Seite, wenn sie mit ihren Anliegen einen Schritt weiterkommen wollten. Sie brauchten die weißen Einheimischen als Babysitter und Propheten, in jeder Behörde und manchmal auch beim Einkaufen.

Als Said sich dem prachtvollen Altbau auf der Maximilianstraße näherte, war er mächtig beeindruckt. Die Kanzlei Nussbaum & Partner befand sich in der dritten oder vierten Etage. Said kam sich vor, als würde er in einem Museum herumspazieren. Die Sekretärin schickte ihn in einen Raum und servierte ihm eine Tasse Kaffee mit einem Glas Wasser. Nach einigen Minuten setzte sich ihm ein Junge gegenüber, der einen kaum sichtbaren Oberlippenbart trug. Said schätzte ihn auf Anfang zwanzig, aber er konnte nicht einordnen, ob er Rechtsanwalt, Referendar oder Praktikant war. Der Jüngling machte Kopien von all seinen Dokumenten, setzte sich wieder zu ihm, blätterte sie durch, stand erneut auf, holte ein dickes Buch aus dem Regal und legte es auf den Tisch.

Wie war sein Name? Daran erinnert sich Said nicht, auch nicht daran, was er für Kleidung trug oder wie der Raum aussah. An die Zähne des Jungen wiederum erinnert sich Said schon. Sie waren schneeweiß und gerade wie die Zacken eines Kamms. Warum kann er sich an die Zähne erinnern?

Der Junge-mit-den-schneeweißen-Zähnen stellte Said

viele Fragen und notierte die Antworten in einem Heft. Immer wieder wurde lange geschwiegen, und der Junge-mit-den-schneeweißen-Zähnen schlug irgendetwas in diesem dicken Buch nach. Schließlich schob er die Dokumente und das Buch beiseite und sah Said direkt in die Augen. Der Junge-mit-den-schneeweißen-Zähnen fragte, ob Said irgendwelche Straftaten begangen habe.

»Meine Akte ist sauber.«

»Wie lange haben Sie gearbeitet und Steuern bezahlt, seit Sie im Lande sind? Erhielten Sie Sozialhilfe oder Arbeitslosengeld?«

»Am Anfang, als ich in der Asylunterkunft gewohnt habe, da habe ich monatlich ein wenig Taschengeld bekommen. Seit ich die Aufenthaltserlaubnis besitze, arbeite ich und lerne nebenbei die Sprache. Zurzeit besuche ich tagsüber das Studienkolleg, um das deutsche Abitur zu machen; ich bin im letzten Semester, muss nur noch die Prüfung bestehen, dann kann ich bald mit dem Studium beginnen. Am Nachmittag arbeite ich. Teilzeitjob. Ich habe keine finanzielle Hilfe vom Staat erhalten.«

»Das macht die Sache leichter. Haben Sie eine inländische Freundin?«

»Wie bitte?«

»Eine deutsche Frau, die Sie heiraten können, eine, die Sie lieben und die Sie liebt.«

»Nein.«

»Wann endet Ihre Aufenthaltserlaubnis?«

»In vier oder fünf Monaten.«

Der Junge-mit-den-schneeweißen-Zähnen klappte sein Notizheft zu.

»Es ist so: Sie sollten klagen. Aber Sie werden nicht gewinnen. Obwohl der Grund des Widerrufsverfahrens nicht ausreichend ist, jeder Zeitungsartikel über die Lage im Irak ist ein Beweis dafür. Trotzdem werden Sie verlieren – die Verfahrenskosten werden Ihnen also nicht erstattet.«

Said hing an den Lippen des Jünglings und wartete auf spezifischere Informationen.

»Aber das Ganze ist auch kein Hexenwerk. Wir werden Zeit gewinnen und Ihr Anliegen auf anderem Weg durchsetzen. Unsere Kanzlei verliert nie. Wir garantieren Ihnen die unbefristete Aufenthaltserlaubnis.«

»Wie?«

»Sie sind seit bald sechs Jahren in Deutschland.«

»Ja.«

»Das heißt, Sie haben dann das Recht auf die unbefristete Aufenthaltserlaubnis.«

»Wie kriegen wir das hin?«

»Haben Sie einen irakischen Reisepass?«

»Nein.«

»Ich empfehle Ihnen, einen Reisepass bei der irakischen Botschaft zu beantragen. Wir versuchen, einen Kompromiss mit den Behörden hierzulande zu schließen. Sie geben Ihr Asylrecht ab, dafür erhalten Sie das Recht auf eine unbefristete Aufenthaltserlaubnis, weil Sie seit Jahren als aktiver Steuerzahler in Deutschland leben. Die Aufenthaltsgenehmigung übertragen wir auf den neuen irakischen Pass. Sie sind dann kein Asylberechtigter mehr, aber ein ausländischer Mitbürger mit einer unbefristeten Aufenthaltsbewilligung.«

»Ja?« Said blieb skeptisch.

»Sie sollten allerdings niemandem von dem neuen Pass erzählen, bis der Prozess abgeschlossen ist. Wenn die Ausländerbehörde davon erfährt, wird es problematisch. Sie sind ein Asylberechtigter und dürfen mit Ihrem Heimatland nicht in Kontakt treten.«

»Okay, so machen wir es.«

Sie vereinbarten eine Vorschuss- und Ratenzahlung.

Obwohl Said Al-Wahid alles, was er in den letzten Jahren angespart hatte, vorstrecken musste und das Geld aller Voraussicht nach nicht wiederbekommen würde, hatte sich der Gang zur Kanzlei für ihn gelohnt. Diese Entscheidung sollte sich als die beste herausstellen, die er für sein Leben in Deutschland je getroffen hatte.

Es dauerte ein paar Monate, bis er den neuen Pass von der irakischen Botschaft erhielt. Das Dokument sah aus, als hätte es jemand mit einem alten Fotokopierer selbst hergestellt. Im Internet las Said, dass der irakische Reisepass einer der schlechtesten Reisepässe der Welt sei. Dieses jämmerliche Exemplar aber war sein Rettungsanker.

Der ganze Prozess bis zur unbefristeten Aufenthaltsbewilligung dauerte ein gutes Jahr. Es war eine anstrengende und deprimierende Zeit für Said. Er fühlte sich, als befände er sich in einer riesigen düsteren Höhle. Von irgendwo drang schwach und kaum sichtbar ein wenig Licht ein; niemals würde er den steinigen Weg bis dorthin schaffen, ohne zu stolpern und in die Leere zu fallen.

Zuerst gab er seinen Asylantenreisepass ab. Daraufhin erhielt er die sogenannte Duldung. Alle zwei Monate – oder waren es drei oder vier? – musste er das Duldungsdokument verlängern lassen. Jedes Mal wenn er die Ausländerbehörde betrat, dachte er, man würde ihn festsetzen und in Abschiebehaft nehmen. Said fürchtete um den Platz im Studienkolleg. Hätte man dort von der Duldung Wind bekommen, hätte man ihn exmatrikulieren müssen. Den Job in der Reinigungsfirma verlor er, weil seine Arbeitsgenehmigung durch den neuen Status der Duldung nicht mehr gültig war.

»Geduldete haben kein Recht auf eine Arbeitserlaubnis«, sagte der Sachbearbeiter beim Arbeitsamt.

»Bis das Verfahren abgeschlossen ist, könnte ich sie doch behalten. Ginge das nicht?«

»Nein.«

In jenem Jahr legte man Said Al-Wahid nicht nur Steine in den Weg, sondern man errichtete unzählige hohe Mauern aus Paragrafen, sodass er keinen einzigen Schritt nach vorne schaffte.

Letztendlich erzielte der Rechtsanwalt Nussbaum einen Kompromiss mit den Behörden. Wie versprochen. In Begleitung eines Mitarbeiters der Kanzlei stand Said Al-Wahid irgendwann wieder in der Ausländerbehörde. War es der Junge-mit-den-schneeweißen-Zähnen, der ihn begleitete? Oder war es nicht ein älterer Herr in Anzug und Krawatte?

So herzlich wie an jenem Tag war er jedenfalls noch nie von einem Sachbearbeiter empfangen worden. Mit einem einheimischen Rechtsanwalt an seiner Seite wurde er wie ein echter Mensch behandelt. Said redete kaum, sein Begleiter erledigte alles. Said unterschrieb einige Zettel. Es dauerte nur wenige Minuten, dann überreichte man ihm seinen neuen Reisepass mit der unbefristeten Aufenthaltserlaubnis.

Nachdem sie das Gebäude verlassen hatten, blieb Said Al-Wahid stehen, hielt inne. Er stand unter Schock. Der Rechtsanwalt lächelte ihn an.

»Gehen Sie und feiern Sie Ihre Freiheit.«

Nussbaum selbst, der Saids Leben in Deutschland gerettet hatte, ist er bis heute nie begegnet, obwohl er einige Zeit später erneut dessen Hilfe benötigte. Said hatte immer nur mit der Sekretärin und den Mitarbeitern zu tun. Sie waren es auch, die ihm drei Jahre später halfen, die Einbürgerung zu erhalten. Erneut überwies Said Al-Wahid seine Ersparnisse auf das Konto der Kanzlei. Nach beinahe einem Jahrzehnt in Deutschland war er also wieder pleite, hatte allerdings die gelobte Einbürgerungsurkunde in der Tasche. Er war ein Inländer auf Papier geworden.

Erst als sein Sohn Ilias geboren wurde, überlegte Said Al-Wahid erneut, die Kanzlei anzurufen. Das ist erst zwei Jahre her. Es war eine groteske Situation, in der Said sich mit einem Mal befand. Alles begann damit, dass er für seinen neugeborenen Sohn auf dem Standesamt Berlin-Neukölln eine Geburtsurkunde beantragen wollte.

Die Sommerluft war an jenem Morgen weder schwül noch drückend. Said fühlte sich wohl, weil sie zu Hause endlich ihre Ruhe hatten. Direkt nach der Geburt hatte er noch gar nicht die Rolle des Vaters einnehmen können, sondern nur die des Gastgebers. Die Großeltern waren zu Besuch gekommen, die Tanten und Onkel, sie alle hatten den kleinen neuen Menschen sehen wollen. Es war zugleich anstrengend und aufregend gewesen.

Im Standesamt nahm Said auf einem Stuhl gegenüber der Sachbearbeiterin Platz. Ob sie dick, klein, dünn oder groß war? Er erinnert sich nur daran, dass sie sicherlich älter als fünfzig war und einen Rock trug.

Said zog alle Unterlagen aus seiner Ledertasche. Es dauerte einen Moment, bis die Dame die Dokumente angeschaut hatte.

»Wir brauchen Ihre Geburtsurkunde.«

»Ich habe eine dabei. Sehen Sie!«

Said Al-Wahid zeigte auf die Einbürgerungsurkunde in den Unterlagen.

»Das ist keine Geburtsurkunde.«

»Ich habe keine anderen Dokumente. Meine alte Staatsbürgerschaft durfte ich nicht behalten, als ich hier eingebürgert wurde. Alle Papiere, darunter die Geburtsurkunde, musste ich der irakischen Botschaft übergeben. Ich besitze nur noch die Einbürgerungsurkunde.«

»Ohne Ihre Geburtsurkunde bekommt Ihr Kind keine Geburtsurkunde.«

»Was?«

»So ist das.«

»Und was soll ich jetzt tun?«

»Bringen Sie uns bitte eine neue Geburtsurkunde aus Ihrem Heimatland.«

»Wer in den Irak geht, ist verloren, wer rausgeht, wird neu geboren. Haben Sie in den letzten Jahren die Nachrichten nicht gesehen? Ich kehre nicht freiwillig dorthin zurück.«

Die Sachbearbeiterin schwieg eine Weile.

»Warten Sie bitte hier, ich bin gleich wieder für Sie da.«

Seit der Einbürgerung hatte Said kaum mehr Schwierigkeiten mit irgendwelchen Formalitäten in den Behörden gehabt. Einzig das Finanzamt saß ihm im Genick. Solange er die Hälfte seines Gehalts als Steuer zahlte, ließ man ihn in Ruhe. Der Frieden war nicht umsonst.

Er hatte gedacht, er hätte den Kampf mit den Behörden hinter sich gelassen – die befristete und die unbefristete Aufenthaltserlaubnis, die Abschiebungsandrohungen, das Widerrufsverfahren, die Duldung, die Einbürgerung. Und nun war Ilias auf die Welt gekommen, und es hatte sich erneut das Tor zur Hölle geöffnet.

Nach etlichen Minuten kehrte die Sachbearbeiterin zurück und setzte sich wieder Said gegenüber.

»Also, rufen Sie bitte bei der Einbürgerungsbehörde an, die Sie eingebürgert hat. Dort liegen sicherlich Kopien Ihrer alten Unterlagen im Archiv. Wo war das?«

»In München.«

»Dann kümmern Sie sich bitte darum.«

»Würden Sie das für mich erledigen?«

»Was?«

»Dort anrufen und nachfragen?«

»Ich bin dafür nicht zuständig.«

Vor dem Standesamt holte Said sein Smartphone aus der Hosentasche, googelte die Telefonnummer des Landratsamts München und rief an. Die Dame am anderen Ende der Leitung hörte ihm zu, dann stellte sie ihn zu einem Sachbearbeiter durch. Der Herr, dem er ebenfalls sein Anliegen erklärte, notierte die Daten und das Kennzeichen der Einbürgerungsurkunde. In ein paar Tagen, sagte er, werde ihn einer seiner Kollegen anrufen, der für diesen Sachverhalt zuständig sei.

Zu Hause erzählte Said nichts von dem, was er erlebt hatte. Er wollte nicht, dass Monica sich Sorgen machte. Er behauptete, alles gehe seinen Gang, das Thema sei bald erledigt. Aber er konnte nicht gut vor ihr verbergen, was in seinem Inneren vor sich ging. Monica fragte ihn immer wieder, ob alles in Ordnung sei.

Schon in den letzten Wochen vor der Geburt waren die beiden sich sehr nah gewesen. Monica hatte sich kaum bewegt. Sie hatte ausgesehen wie ein riesiger Ball und hatte viel herumgelegen. Wenn sie doch mal ein paar Meter hatte gehen wollen, war Said ihr gleich zu Hilfe geeilt und hatte sie gestützt. Er hatte sie liebevoll »mein Pinguin« genannt und sie ihn »mein Spazierstock«.

Der zuständige Sachbearbeiter des Landratsamts München rief ihn wie vereinbart an. Er hieß mit Nachnamen entweder Winter oder Herbst. Oder Frühling? Eine Jahreszeit auf jeden Fall.

»Die Kopie liegt bei uns im Archiv vor.«

»Perfekt!«

»Wir dürfen Kopien allerdings nicht beglaubigen.«

»Dann schicken Sie sie mir ohne Beglaubigung.«

»Das darf ich nicht.«

»Es sind aber meine Papiere!«

»Und das sind unsere Gesetze«, sagte Herr Jahreszeit und beendete das Gespräch.

Said Al-Wahid durchforstete an jenem Tag alle Kisten, die er im Keller aufbewahrte. Stundenlang. Er fand alles Mögliche aus den vergangenen Jahren und tatsächlich auch eine Kopie der irakischen Geburtsurkunde.

Am nächsten Tag ging er wieder zum Standesamt Berlin-Neukölln. Er redete zunächst mit der Sachbearbeiterin, diese schickte ihn zu der Chefin der Abteilung. Nach endlosem Hin und Her entschied die Dame, eine Ausnahme zu machen. Said sollte einen Zettel unterschreiben, auf dem er versicherte, irgendwann eine ordnungsgemäße Geburtsurkunde mitzubringen.

Einige Tage später erhielt Ilias seine Geburtsurkunde per Post. Es war der erste an seinen Sohn adressierte Brief. Said versuchte, die ganze Geschichte zu vergessen, wie all die entsetzlichen bürokratischen Schikanen, die ihm im Leben widerfahren waren.

Eine Woche später jedoch, an einem Freitag, lag ein seltsamer milchfarbener Umschlag im Briefkasten. Es war kein üblicher Briefumschlag. Said nahm ihn mit in die Wohnung, ging zuerst in die Küche und schaltete den Wasserkocher ein. Er warf zwei Löffel Nescafé in seine Lieblingstasse, eine Tasse, die Monica ihm zu seinem vierzigsten Geburtstag geschenkt hatte. Er öffnete den Brief: Amt für Bürgerdienste und Einbürgerungsangelegenheiten. Überprüfung der Staatsangehörigkeit von Amts wegen.

Das Amt für Bürgerdienste war vom Landratsamt München darum gebeten worden, Saids »derzeitige staatsangehörigkeitsrechtliche Verhältnisse zu beurteilen«. Es seien Zweifel an der Staatsangehörigkeit aufgekommen. Es wurde vermutet, er habe die irakische Staatsangehörigkeit wiedererworben. Dadurch hätte er automatisch die deutsche Staatsangehörigkeit verloren.

Dem Brief lagen mehrere Papiere bei: ein Fragebogen zur Prüfung der Staatsangehörigkeit, eine Datenschutzerklärung und ein Merkblatt über den Verlust der deutschen Staatsangehörigkeit bei Erwerb einer ausländischen Staatsangehörigkeit.

Said hatte ein grauenhaftes Wochenende. Die ganze Zeit über zerbrach er sich den Kopf darüber, wie er das Problem lösen könnte. Faktisch konnte er beweisen, dass er keine andere Staatsangehörigkeit besaß. Doch wieso sollte er das überhaupt tun? Warum musste ausgerechnet er dieses Gefühl der Unsicherheit für immer mit sich herumtragen? Jeder Sachbearbeiter, wie Herr Jahreszeit aus München, konnte mit seinen Unterlagen spielen, wie es ihm beliebte, jeder hatte das Recht, sein Leben jederzeit mit einer Unterschrift auf den Kopf zu stellen.

Monica erzählte Said auch diesmal nichts von seinen Sorgen. Sie war mit ihrem Körper und den Folgen der Geburt beschäftigt, sie sollte sich in Ruhe erholen können. Abends betrachtete Said Al-Wahid seinen schlafenden Sohn und fragte sich, aus welchem Grund er ein Kind in diese Welt gesetzt hatte.

Sollte er nach dem Wochenende wieder die Kanzlei Nussbaum & Partner kontaktieren? Said rief zunächst Marc Stolle an. Für dessen Hilfsorganisation hatte er einmal ehrenamtlich gearbeitet und einigen Asylbewerbern geholfen, indem er für sie übersetzt hatte. Marc, der sich darüber zu freuen schien, Saids Stimme zu hören, folgte aufmerksam seinen Ausführungen. Er schimpfte über die »Arschlöcher« und schämte sich für das Verhalten seiner Landsleute. Er empfahl Said, entweder sofort an die Öffentlichkeit zu gehen und eine große Geschichte daraus zu machen oder das Problem schnellstmöglich zu lösen und sich dann wieder um seine Familie zu kümmern.

»Wie soll ich das tun?«

»Ich habe eine Freundin, die bei der Antidiskriminierungsstelle arbeitet. Ich werde sie fragen, und sie ruft dich später an!«

»Ich danke dir, Marc, sehr!«

Frau Slawiski meldete sich ein paar Stunden später bei

ihm. Sie bestätigte einige Gedanken, die auch Said selbst schon gehabt hatte.

»Herr Al-Wahid, Sie beherrschen die Sprache gut. Sie haben Kontakte. Sie wissen, wo Sie sich Hilfe suchen müssen, wenn Sie Unterstützung brauchen. Stellen Sie sich vor: Wie geht es den anderen, die weder die Sprache verstehen noch Kontakte haben und am Rande der Verzweiflung leben? Was können die Sachbearbeiter mit diesen Leuten anstellen?«

»Sie können ihr Leben in die Hölle verwandeln.«

»Also beruhigen Sie sich bitte. Ich kümmere mich und helfe Ihnen.«

Frau Slawiski versprach Said, mit den beiden Behörden in München und in Berlin zu telefonieren und sich dann wieder bei ihm zu melden. Sie kam ihm wie die Wächterin eines Tores zwischen der dunklen und der hellen Seite der Welt vor. Immerzu musste sie das Tor bewachen und die Balance wiederherstellen, damit die Kreaturen der Dunkelheit nicht auf die andere Seite schleichen und alles mit sich in die Finsternis reißen konnten.

Frau Slawiski konnte das Problem in der Tat innerhalb weniger Tage lösen. Ein Herr vom Amt für Bürgerdienste und Einbürgerungsangelegenheiten rief bei Said Al-Wahid an. Er behauptete, er wolle mit solchen Themen wie Ausbürgerung nichts zu tun haben, aber die Kollegen von der Einbürgerungsbehörde im Landratsamt München hätten Druck gemacht. Jetzt solle Said nur einen Zweizeiler schreiben und an ihn schicken, dann sei alles abgeschlossen.

»Ja?«

»Ja.«

»Was soll ich schreiben?«

»Schreiben Sie: Ich versichere Ihnen, dass ich ein deutscher Staatsbürger bin und keine andere Staatsangehörigkeit besitze.«

Said schickte den Brief noch am selben Tag ab. Keine zwei Wochen später erhielt er die Antwort: »Die Angelegenheit betrachten wir somit als erledigt.«

Im selben Monat, es war knapp ein Jahr vor den nächsten Bundestagswahlen, verlängerte Said Al-Wahid seinen Reisepass, obwohl der noch fünf oder sechs Jahre lang gültig war. Er hatte Angst davor, dass sein Pass nach den Wahlen nicht mehr verlängert werden könnte. Said wollte auf alles vorbereitet sein, mit einem Pass, der zehn Jahre lang gültig war.

Said Al-Wahid hat seinen Reisepass überall dabei, egal, wohin er geht. Er hat ihn bei einem Podiumsgespräch in Mainz dabei und auch im Supermarkt um die Ecke.

II

Said bucht den einzigen Flug, für den es noch ein paar freie Plätze gibt: fast acht Stunden Flugzeit, mit sieben Stunden Transit in Doha. Das Ticket ist sehr teuer, aber er hat keine andere Wahl.

Als sein Zug in Bad Hersfeld hält, steigt er aus und geht direkt zum Raucherbereich. Er holt seine E-Zigarette aus der Tasche und dampft. Weiße Wolken mit Kirschgeruch bilden sich vor ihm und lösen sich rasch auf. Auf seinem Smartphone schaut er sich die Buchungsbestätigung und das E-Ticket genauer an; er hat noch genügend Zeit, bis der Flieger startet. Er schaltet die E-Zigarette aus und verlässt den Bahnsteig, geht die Treppe hinunter, durch die Fußgängerunterführung, dann hoch ins Bahnhofsgebäude. Am DB-Automaten kauft er eine neue Fahrkarte und stellt sich dann vor den Haupteingang unter das Vordach. Auch in Bad Hersfeld regnet es. Es ist unerträglich schwül und heiß.

Said ruft Monica an und erzählt ihr von den neuen Umständen und seinem Vorhaben, sofort nach Bagdad zu fliegen.

»Sei bitte vorsichtig!«

Er mag es nicht, wenn sie ihm das sagt. Sie tut es oft. Ist er ein Junge, der gerade frisch das Elternhaus verlässt?

»Ja, ja!«

Als sie merkt, dass seine Stimme härter wird, lenkt sie ein.

»Ich denke an dich. Vergiss das bitte nicht.«

»Deine Mutter soll nach Berlin kommen und dir helfen.«

»Mach dir um uns keine Sorgen. Wir schaffen das!«

»Wie geht es meinem Ilias?«

»Es geht ihm sehr gut, er hat Spaß in der Kita, aber er fragt andauernd, wo Papa ist.«

»Ach, mein Kleiner.«

»Pass bitte gut auf dich auf. Sei vorsichtig. Und komm schnell zu uns zurück!«

Wäre Bagdad ein normaler Ort auf der Welt, hätten die Menschen, zu denen Said in Deutschland gehört, und seine Familie im Irak sich längst einmal persönlich kennengelernt. Sie hätten reale Vorstellungen voneinander, würden sich an ihre Gesichtszüge erinnern. Stattdessen sind sie nebulöse Gestalten aus merkwürdigen Erzählungen. Jeder schwebt mit seiner Welt durch eine eigene Galaxie, die dem anderen völlig fremd ist. Saids irakische Familie ist nur eine Nachricht in der *Tagesschau*. Jede Zombie-Serie kommt den Menschen in Deutschland emotional näher.

Saids Schwester Nabila war gestorben, bevor er die Mutter seines Sohnes kennenlernte. Sein Vater war bereits viele Jahre zuvor ums Leben gekommen, da war Monica erst zwei oder drei Jahre alt gewesen. Nur mit seinem Bruder Hakim und dessen Frau Miriam hat Monica ein paarmal auf Englisch am Telefon geplaudert, mit seiner Mutter hat sie nie gesprochen.

Monica hat sich bemüht, Hocharabisch, eine unzumutbare Sprache, zu lernen, indem sie ein Jahr lang einen Anfängerkurs an der Volkshochschule in Neukölln besuchte. Saids Mutter spricht aber nur den südirakischen Dialekt. Sie hätten sich nie verständigen können, auch wenn sie es versucht hätten. Es scheint ein babylonisches Schicksal zu sein.

Ihr Enkelkind hat Saids Mutter jedoch ein paarmal gesehen. Über Skype. Viele Male hat Said seiner Mutter versprochen, mit Ilias und Monica in den Irak zu kommen, wenn die Lage besser werden würde.

Gott, wie Said Al-Wahid das Wort »Lage« hasst! Sie hat sich nie verbessert. In all den Jahren in der Fremde hoffte er, dass das nächste Jahr etwas Beruhigung für Bagdad bereithalten würde, doch jedes neue Jahr brachte stets nur weiteren Seelenschutt. Er ist nie mit seiner kleinen Familie heimgereist, und nun liegt seine Mutter im Sterben. Als Said wegging, war das Land ein Loch der Verzweiflung; zwei Jahrzehnte später ist es zu einem Loch der Hoffnungslosigkeit geworden.

Said Al-Wahid traf Monica zum ersten Mal bei der »Langen Buchnacht« in der Oranienstraße in Kreuzberg. Er hatte dort eine Lesung besucht, anschließend ging er zu ihr, die auf derselben Veranstaltung gewesen war, und sprach sie an. Monica behauptet, sie hätten sich auf der Demonstration zum Tag der Arbeit am Ersten Mai getroffen. So oder so war es in der Oranienstraße in Kreuzberg. Zwei Jahre später wurden sie Mutter und Vater.

Monica stammt aus einer Mittelschichtfamilie und hat im Gegensatz zu Said nie politische Katastrophen erlebt oder jemals Geldsorgen gehabt. Hoffmann heißt sie mit Nachnamen. Keiner würde je auf die Idee kommen, den Hörer aufzulegen, wenn sie ihren Nachnamen ausspricht. Weiß ist sie. Kein Polizist würde sich trauen, sie grundlos auf der Straße nach ihrem Ausweis zu fragen. Sie würde niemals als Flüchtling, Migrantin oder Inländerin auf Papier angesehen, sondern immer als eine Hoffmann. Saids Welt zwischen zwei Kulturen war ihr fremd, und vergeblich versuchte sie, sich diese Welt vorzustellen. Missverständnisse gab es viele. Irgendwann entschied Said sich dazu, mit Monica ausschließlich die Sorgen und Probleme in Deutschland zu teilen. Was sich im Irak abspielte, alles, was mit seinen Wurzeln und seiner schattigen Hautfarbe zusammenhing, das wollte er fortan mit sich selbst ausmachen.

Es ist, als hätte Said eine Affäre, von der keiner erfahren soll, eine mit sich selbst. Er ist wie ein Januskopf. Das eine Gesicht ist für alle sichtbar, zeigt sich allen, so wie sie es sich von ihm wünschen. Das andere Gesicht ist verschleiert, verborgen, rückwärtsgewandt, kauert allein und freiwillig eingesperrt. Das ist Said Al-Wahid, ein verstecktes Ich und ein sichtbares Ich, die unvereinbar sind, aber dasselbe Schicksal teilen müssen.

Trotzdem ist Monica für Said eine große Hilfe dabei, ein stabiles Leben führen zu können. Sie ist die Stütze, die ihn hält, sie sorgt dafür, dass er nicht wie eine Feder im Wind umhergewirbelt wird. Sie war der Grund, weshalb er seinen Job beim Online-Magazin *Media und Entwicklung* kündigen konnte. Sie meinte jedes Mal, wenn er ihr von seinem stillen Leiden dort erzählte, dieser Job sei die niedrigste Stufe der Armseligkeit. Das Magazin gehörte zu einer NGO, die sich mit der arabischen und afrikanischen Welt beschäftigte. Er hatte jahrelang vor einem Bildschirm am Rosenthaler Platz gehockt und Texte übersetzt und lektoriert. Es war eine langweilige Arbeit gewesen. Die Chefs der verschiedenen Abteilungen der NGO waren weiße Männer, die »*Salam*« und »*Habibi*« sagen konnten, aber kein einziges Wort irgendeiner der vielen afrikanischen Sprachen kannten. Trotzdem waren sie die NGO-Allväter, die von oben herab über die ihnen fremden Welten herrschten. Said musste sich um vieles kümmern, was die arabische Welt betraf; ihm gegenüber im Arbeitsraum saß eine junge Frau aus Äthiopien, die als Expertin für den restlichen Kontinent Afrika galt. In Wirklichkeit haben die beiden weder den weit entfernten Ländern geholfen noch irgendetwas in Berlin erreicht – außer Langeweile und Unsicherheit. Halbjährlich befristeter Arbeitsvertrag, unterbezahlt und ohne Aufstiegschancen. Sie waren die Blumenvasen in der NGO, ein bisschen Farbe zwischen den weiß gestrichenen Wänden.

Seit eineinhalb Jahren versucht Said Al-Wahid nun, sich eine Existenz als Schriftsteller aufzubauen. Als der kleine

Hoffmann, Ilias, ein Jahr alt war, schlug Monica vor, gemeinsam etwas Neues anzufangen. Sie selbst arbeitet seither wieder als Sozialarbeiterin, Said kümmert sich um Ilias oder schreibt. Während das Kind in der Kita ist, widmet er sich seinem alten Traum, dem Bücherschreiben.

Jahrelang hatte Said versucht, seinem Wunsch, zu schreiben, aus dem Weg zu gehen, oder besser gesagt: ihn in der Tiefe der Seele gefangen zu halten. Doch mit Monicas Vorschlag begann dieser erneut in ihm zu wachsen. Träume kann man scheinbar nicht zur letzten Ruhe geleiten. Sie sind wie eine verworfene Liebe, egal, was danach passiert, es bleiben immer merkwürdige Stiche im Herzen zurück.

Die Wohnung, in der Said mit Monica und Ilias lebt, ist eine Dreizimmerwohnung in der Hermannstraße. Wenn er einmal in der Wohnung ist, findet er immer eine Ausrede, um nicht wieder rauszumüssen. Ihr Zuhause ist sein Versteck vor der ganzen Welt geworden, seine kleine Oase und Schreibhütte. Monica scherzt oft und nennt ihn »einen der sieben Schläfer von Ephesus«.

»Ich schlafe nicht, ich schreibe.«

»Du furzt den ganzen Tag lang auf dem Sofa.«

»Lass mich!«

»Und woran arbeitest du?«

»Ich will eine neue Bibel verfassen.«

»Der Muslim, der eine neue Bibel schreibt.«

»Ich meine das ernst.«

»Hast du die Bibel überhaupt gelesen?«

»Mehrmals. Auf Arabisch und auf Deutsch.«

»Und wie willst du das machen?«

»Hab mehrere Ideen!«

»Zum Beispiel?«

»Alle Mägde in der Bibel sind ohne Namensnennung. Nur diejenigen, die mit einem Propheten ins Bett gehen, bekommen einen Namen. Ich werde allen namenlosen Mägden Namen geben.«

»Du hast einen Vogel!«

Die Wohnung gehörte einmal Monicas Vater. Er hat vor Jahren alles, was er besaß, seinen Kindern geschenkt, um schon vor seinem Tod späteren Streit um das Erbe zu vermeiden. Monica bekam also diese Wohnung. Die kleine Familie hat somit keine großen monatlichen Ausgaben. Mit dem Gehalt von Monica kommen sie über die Runden. Said Al-Wahid wird mit dem Schreiben auch bald Geld verdienen.

Bevor Ilias geboren wurde, hatte Said nie innere Ruhe empfunden. Es hatte ständig eine gewisse Farblosigkeit und Bitterkeit in den Dingen gegeben, auch in den schönsten Momenten, die er erlebt hatte. Nun schlägt das Kind neue Wurzeln, und das Schreiben lässt neues Blut in den Adern fließen. Said Al-Wahid fühlt eine Zugehörigkeit zu allem um sich herum und eine Gelassenheit wie noch nie.

Morgens bringt er den Jungen in die Kita, auf dem Weg dorthin machen sie reichlich Quatsch miteinander. Dann kehrt Said nach Hause zurück und schreibt. Gegen Mittag macht er eine Pause, geht spazieren, setzt sich in ein Café auf der Kienitzer oder auf der Boddinstraße. Er liest eine Zeitung oder ein Buch. Später geht er einkaufen und holt Ilias von der Kita ab. Danach steht er in der Küche und bereitet das Abendessen vor. Monica kommt nach Hause, die Abende zu dritt verlaufen ruhig. Jeder Tag ist gleich, und am Wochenende trifft Said sich hin und wieder mit alten Freunden in einer Bar.

Die Schwierigkeiten, die Said in den ersten Monaten mit dem Schreiben hatte, hat er schnell überwunden. Er kommt gut voran und hat sich kürzlich mit seinen Texten um einige Stipendien beworben, wartet auf die Ergebnisse. Eine seiner Erzählungen wurde in einer pfälzischen Literaturzeitschrift veröffentlicht. Der Text kam gut an, und Said wurde zu einer Veranstaltung eingeladen. Seine Teilnahme an dem Podiumsgespräch in Mainz lief hervorragend. Said Al-Wahid wollte dieses Ereignis zu Hause mit Monica und Ilias feiern. Nun steht er in Bad Hersfeld am Gleis und wartet auf einen Zug, der ihn zum Frankfurter Flughafen bringen wird.

III

Said Al-Wahid mustert eine Dame, die auf einer Bank am Bahnsteig sitzt und durch das Magazin *Der Spiegel* blättert. Kurzes, blondes Haar. Anflug von Lippenstift. Rock, Bluse, hochhackige Schuhe. Sie ist vielleicht um die siebzig, im Alter von Saids Mutter. Im Vergleich kommt ihm seine Mutter älter vor. Seit Jahren schon sitzt sie im Rollstuhl. Ihr faltiges Gesicht ist übersät mit aufgedunsenen Flecken, als hätte die Zeit nicht an ihr genagt, sondern auf sie eingedroschen.

Manche europäischen Damen fahren Rad. Sie färben ihre Haare, ziehen sich bunte Kleider an. Von solchen Frauen hatte Said seiner Mutter einmal erzählt. »Oh Gott!«, hatte sie peinlich berührt ausgerufen. »Diese westlichen Omas! Schämen sie sich nicht vor ihren Kindern und Enkelkindern?« Saids Mutter fuhr nie Rad. Trug nie ein farbiges Kleid, sondern stets schwarze Trauerkleider und einen Schleier. Weder saß sie jemals in einem Zug oder Flugzeug, noch war sie je im Ausland unterwegs.

Said versucht, sich daran zu erinnern, welche Spiele seine Mutter mit ihm als Kind gespielt hat. Es ist merkwürdig. Er kann sich an nichts erinnern. Hat Saids Mutter nur gearbeitet und nie Zeit gehabt, mit ihren Kindern zu spielen? Oder hat er die Antwort im Labyrinth seines Gedächtnisses verloren? Seine ältere Schwester Nabila hat mit ihm gespielt, aber nicht seine Mutter.

In diesen Stunden, in denen sie auf dem Sterbebett liegt, stellt Said das fest und staunt. Er hat den Wunsch, seine Mutter wiederzusehen und etwas mit ihr zu spielen – egal, was, Hauptsache, ein Spiel.

Er bereut, dass er es nicht geschafft hat, sich in den zurückliegenden Wochen bei ihr zu melden. Er war aufgeregt und bereitete sich auf das Podiumsgespräch in Mainz vor. Er hat sich im Laufe der Jahre daran gewöhnt, nicht mehr so häufig mit seiner Mutter zu telefonieren. Es hat sich so ergeben.

In der Zeit der Diktatur wussten sie jahrelang nichts voneinander. Said war als Flüchtling in fernen Ländern unterwegs. Die Familie blieb zu Hause, in Bagdad. Sie waren, wie die meisten Menschen im Land, vom Rest der Welt abgeschnitten. Keiner aus der Familie hatte ein Satellitentelefon, einen Computer oder gar eine Internetverbindung. Gab es damals überhaupt Internet? Alles war verboten. Auch Briefe konnte Said nicht schicken, wegen der Überwachung.

Nach dem Sturz der Diktatur tauchte neue Ware auf dem Markt auf, Laptops und Handys. Nach neun Jahren hörte Said Al-Wahid wieder die Stimme seiner Mutter. Kurz darauf saß er ihr am Bildschirm gegenüber. Sie weinte in Bagdad, er schaute starr geradeaus in München.

Zweimal versuchte Said, seine Mutter offiziell zu sich zu holen. Zusammen mit seinem Bruder im Irak setzte er alles um, was die Behörden von ihnen verlangten. Beide Male meldete sich Hakim nach einigen Wochen und erzählte, die Botschaft habe den Antrag abgelehnt. Es gab in jener Zeit keine deutsche Auslandsvertretung in Bagdad. Alle ausländischen Institutionen hatten ihre Niederlassungen im Land wegen der Unruhen geschlossen. Sein Bruder hatte den ersten und auch den zweiten Antrag in Amman in Jordanien stellen müssen, wo der zuständige deutsche Botschafter weilte. Said und Hakim gaben schließlich auf, als ihre Mutter krank wurde und im Rollstuhl saß.

Die Mutter hatte kein behagliches Leben, weder mit ihrer Familie noch in diesem seltsamen Land, dem Irak. Sie hatte Angst vor fröhlichen Momenten. Sie fürchtete sich, wenn es ihnen eine Weile gut ging. »Gott, im Namen aller Propheten, mach, dass es ein Lächeln der Freude und nicht der Trauer ist!« Sie wirkte unruhig, als würde sie sich in einem falschen Film befinden. Sie traute dem Frieden nicht. Erst wenn das nächste Unglück kam, beruhigte sie sich wieder. Mit Krisen konnte sie umgehen, im Glück war sie eine ewige Anfängerin. Sie war nicht daran gewöhnt. Sie kannte Sorgen, Elend, Ängste und Kämpfe. Aber Ruhe, Frieden, Glück? Das waren Fremde aus weit entfernten Regionen.

Das Lächeln seiner Mutter hatte Said nur in seiner Kindheit öfter gesehen, als die Großeltern und der Vater noch lebten.

Der Großvater wohnte bei ihnen, die Großmutter hingegen blieb bei ihrem ältesten Sohn. Sie hatten vor der Trennung in einem Haus am Flussufer gelebt. Es hatte aus zwei Etagen mit hohen Decken und einem Hof mit einem Brunnen bestanden.

Das Haus hatte mal einer reichen jüdischen Familie gehört, für die Saids Großeltern gearbeitet hatten, als Diener. Nach dem Pogrom, der gewaltsamen Enteignung der Juden einige Jahrzehnte zuvor, war die Familie ins Ausland geflohen. Die Großeltern blieben im Haus und behaupteten, sie hätten es gekauft. Der Großvater hatte wohl irgendwelche Unterlagen gefälscht. Dieses Haus verloren sie später wieder. Es wurde zu staatlichem Eigentum deklariert und abgerissen, ein modernes Kaufhaus wurde auf dem Grundstück errichtet.

Die Großeltern trennten sich in der Folge. Saids Großvater schimpfte, die Großmutter sei eine Hexe und gebe ihm Zaubertränke, sodass er sich nicht mehr bewegen könne. Seitdem sitze er nur noch auf seiner Matratze. Sie tue das, damit er schwach bleibe und sie mit anderen Männern Zeit verbringen könne. Wegen ihrer Hexerei kämen aus seinem Körper keine Exkremente mehr, sondern Würmer und Schlangen. Sein Urin bestehe aus Blut.

Einmal schaute Said nach, nachdem sein Großvater auf der Toilette gewesen war, ob Schlangen und Blut im Klo zu sehen waren. Er fand nichts außer Gestank. Großmutter hingegen sagte: »Er hat nicht mehr alle Tassen im Schrank.« Wenn die Großmutter sie einmal im Monat besuchte, war das großes Kino für sie alle. Saids Mutter meinte, ihre Eltern würden sich so sehr lieben, dass sie nicht anders könnten, als sich gegenseitig auf die Nerven zu gehen.

Die Familie von Said Al-Wahid wohnte zu jener Zeit in einem Haus mit einem Vorgarten in einem guten Viertel, in Ghazaliya. Der Vater stand an jedem Nachmittag mit dem Schlauch da und goss die Pflanzen. Oft sagte ihm seine Frau, er solle aufhören, sonst würden alle ersaufen oder ersticken. Er antwortete nicht und goss weiter, auch die Türschwelle und den Bürgersteig. Er behauptete, so werde die Luft kühler. Alle Männer des Viertels standen an jedem Nachmittag im Sommer auf der Straße mit ihren Schläuchen. Es schien so, als wäre das eine Männerbeschäftigung. Hinterher setzte sich der Vater auf seinen Stuhl und las die Tageszeitung oder ein Buch. Eines Tages tauchte er aber selbst in der Zeitung auf, in Häftlingskleidung.

Said Al-Wahid war acht Jahre alt, als sein Vater hingerichtet wurde. An ihn erinnert er sich kaum. Nur wenige Szenen sind in seinem lückenhaften Gedächtnis geblieben. Hatte er Angst vor frohen Momenten wie seine Mutter? Nach dem Tod des Vaters durfte die Familie nur leise weinen.

Eine Woche nach dessen Verhaftung klopfte der Viertelvorsteher mit zwei Männern in Uniform an die Haustür. Er befahl Saids Mutter, nicht zu weinen und nicht zu schreien, sie solle nur zuhören. Dann berichtete er ihr von der Hinrichtung. »Die Leiche wurde begraben. Eine Trauerfeier ist nicht erlaubt. Alles soll ruhig verlaufen. Also: keine Trauertage. Verstanden?«

Nachdem die Männer fortgegangen waren, kehrte die Mutter ins Wohnzimmer zurück. Nabila wollte wissen, was los war. Die Mutter antwortete nicht. Dann schlug sie sich ins Gesicht und weinte. Sie wollte aus voller Kehle schreien, aber das tat sie nicht. Sie sah aus, als würden unsichtbare Hände sie festhalten und würgen. Schließlich erzählte sie ihren Kindern, was geschehen war, und sagte: »Wer schreit, den bringe ich eigenhändig um! Bitte seid ruhig!« Sie schluchzten leise.

Niemand weiß, wo das Grab des Vaters liegt. Seine Familie hat nie erfahren, welches Verbrechen er begangen hatte. War er politisch aktiv gewesen? Er war doch Beamter gewesen und hatte schon alles mit dem Staat geregelt, als der Diktator an die Macht gekommen war. Der Vater hatte damals ein paar Tage bei der Sicherheitspolizei verbracht. Er hatte unterschreiben müssen, dass er nur der regierenden Partei angehöre, die anderen Parteien waren vom Diktator abgeschafft worden. Als Belohnung hatte Saids Vater weiter als Beamter im Verkehrsministerium arbeiten dürfen.

Bevor er damals freiwillig zur Sicherheitspolizei gegangen war, hatte er mit seiner Frau viele Stunden im Hof verbracht. Sie hatten alles Lesbare in den Steinofen geworfen, in dem die Mutter sonst das Brot buk. Der Vater hatte Tränen in den Augen, als er sein Lieblingsbuch, in dem er täglich geblättert hatte, ins Feuer werfen musste. Es war ein mehrbändiges Werk, vermutlich die *Gefängnishefte* von

Antonio Gramsci. Oder war es doch *Das Kapital* von Karl Marx? Said fand es herrlich, wie schnell das Papier zu schwarzer Asche wurde. Er dachte, seine Eltern wollten mit ihm und seinem kleinen Bruder Hakim spielen. Sie verbrannten aber nur Bücher.

Nach der Hinrichtung befand sich die Familie auf einer erbärmlichen Stufe der Existenz. Der Vater war ein Verräter gewesen. Viele Bürger empfanden ihn als eine Schande für das Vaterland. Für die Familie stand weder eine Rente noch eine staatliche Entschädigung noch etwas Ähnliches zur Verfügung. Die Nachbarn, Angehörigen und Freunde hatten Angst. Keiner redete mit ihnen oder grüßte sie. Alle fürchteten die Sicherheitspolizei und die Spitzel. Die Familie war wie eine ansteckende Krankheit; jeder, der sich ihr näherte, machte sich verdächtig. Wie oft wurde Said von den anderen Kindern als Sohn eines Verräters beschimpft?

Die Mutter tat alles, um eine Arbeit zu finden. Sie fragte bei den Geschäften auf dem Basar und auf der Hauptstraße nach. Leider klappte es nie. Jeder, der bereit war, ihr einen Job zu geben, änderte am nächsten Tag seine Meinung, nachdem er sich über sie informiert hatte. Selbstverständlich wollte niemand mit der Ehefrau eines Vaterlandsverräters zusammenarbeiten. Said vermutet, dass seine Mutter sogar ihren Körper verkauft hätte, um sie, ihre drei Kinder, durchzufüttern. Dazu kam es allerdings nie – zumindest hofft er das.

Nach einigen Monaten beschloss seine Mutter, das Viertel zu verlassen. Es war ihr klar geworden, dass es hier keinen Platz mehr für ihre Familie gab.

Sie zogen ins Viertel Asch-Scha'b am Rande von Bagdad. Der Cousin ihrer Mutter, Onkel Nadim, half ihnen, ein kleines Haus zu mieten. Nadim, der schon lange tot ist, besaß damals eine Bäckerei. Die Mutter durfte bei ihm arbeiten. Täglich ging sie vor dem Morgengebet in die Bäckerei und kam nach dem Nachmittagsgebet erschöpft nach Hause. Es dauerte jedoch nicht lange, bis die Arbeit mit Onkel Nadim im Bett fortgesetzt werden sollte.

Er heiratete Saids Mutter, um »die Kinder und das Fleisch der Frauen zu schützen«. Alles sollte »in der großen Sippe bleiben«, wie es damals hieß. Said und seine Geschwister wurden darüber informiert, und damit war das Thema abgeschlossen. Es gab keine Hochzeitsfeier. Saids Mutter wurde die zweite Frau von Onkel Nadim. Von der ersten Frau hatte er vier Kinder, die Said, Nabila und Hakim plötzlich als Brüder und Schwestern wahrnehmen mussten.

Bald hörte ihre Mutter auf, in der Bäckerei zu arbeiten. Sie verwandelte ein Fenster ihres kleinen Hauses in eine Kiosktür aus Holz. Dann kaufte sie auf dem Basar Nüsse und Süßigkeiten in großen Mengen und verkaufte sie einzeln an Kinder. Sie gehörten nun zur Familie des Bäckers, nicht zu einem Verräter. Über den hingerichteten Vater durfte man nicht reden, er wurde zu einem Gespenst der düsteren Vergangenheit.

In jenen Jahren benahm sich der älteste Sohn des Bäckers zu Hause wie der Diktator selbst. Er hieß Watan, »Heimat«, und das war kein seltener Name in einer Zeit, in der der

Präsident hundertmal am Tag »Heilige Heimat!« im Rundfunk rief. Seinetwegen hat Said Al-Wahid diesen Begriff nicht nur hassen gelernt, sondern er machte ihn regelrecht krank. Egal, was sie dem Bäcker über seinen Sohn erzählten, es änderte nichts. Als Ältester durfte er alles.

Bruder Heimat wohnte im Haus seiner Mutter und kam ab und zu bei ihnen vorbei, um alles zu kontrollieren: ob Nabila angemessene Kleider trug oder ob Said und Hakim ihre Schulaufgaben erledigt hatten. Er verwandelte Said oft in einen Boxsack und schlug nach Lust und Laune auf ihn ein. Sie sollten ihn, wie er ihnen befahl, als »Mann des Hauses« wahrnehmen, sonst gebe es Strafen. Er liebte es, seinen Gürtel auszuziehen und auf jemanden einzuprügeln. Said Al-Wahid wollte seinen kleinen Bruder Hakim und seine Schwester Nabila immer beschützen. Er stellte sich vor sie und kassierte alle Schläge.

Als Heimat mit achtzehn Jahren Soldat wurde, freuten sich Said und seine Geschwister riesig. Sie wussten, dass ein Soldat nur für ein paar Tage im Monat nach Hause kam, »Fronturlaub« nannte man es. Heimat trank in seinem Fronturlaub viel Alkohol und war ständig blau. Anfangs ließ er sich an seinen freien Tagen selten blicken, doch bald kam er öfter vorbei, wenn es dunkel wurde. Einmal stand Nabila an Saids Bett. Sie zitterte: »Er ist da, wach auf, ich habe Angst.«

Nabila, die ein Teenager war, kroch unter Saids Decke und umklammerte ihn. Ihr Zittern hörte nicht auf. Es dauerte nicht lange, bis sie seine Schritte hörten. Said kniff die

Augen zusammen. Er spürte, wie Heimat die Decke leicht anhob, sie wieder fallen ließ und wegging. Als sie seine Schritte nicht mehr hörten, sagte Nabila: »Wenn er nicht an der Front ist, schlaf bitte bei mir!«

Am nächsten Tag wurde Said von Heimat bestraft, weil er ein Weichei sei und noch immer zusammen mit seiner Schwester in einem Bett schlafe wie ein Baby. Heimat fesselte ihn an den Fensterrahmen und ließ ihn wie am Kreuz schweben, minutenlang. Dann ging er hin und her, zittrig, als wäre er von einer Giftnatter gebissen worden. Er kam immer wieder zu Said und ohrfeigte ihn. »Wenn du noch einmal bei deiner Schwester schläfst, bringe ich dich um!«

Trotzdem schlief Said Al-Wahid erneut in einem Bett mit seiner Schwester. Heimat kam nachts zu Nabila, ging allerdings wieder weg, als er feststellte, dass sie nicht allein im Bett lag. Das war das letzte Mal, dass sie den großen Bruder Heimat sahen. Der Soldat kam nicht mehr von der Front zurück. Er galt als vermisst, seine Leiche wurde nicht gefunden.

Die Gerüchte, die man von den wiederkehrenden Soldaten hörte, waren unglaublich. Die Bärinnen seien gegen alle in den Krieg gezogen. Watan sei an der Nordfront von den Bärinnen gefangen genommen worden. Die Bärinnen, die in der langen Schlacht zwischen den irakischen und den iranischen Truppen ihre Männchen verloren hätten, nähmen nun die Soldaten als Ersatzehemänner fest. Sie leckten die Füße, Beine, Hände und Arme ihrer Beute, dadurch würde diese gelähmt. Sie fütterten sie, hielten sie am Leben, bestiegen die gelähmten Soldaten und versklavten sie. Wenn ein Mann irgendwann sterbe, fräßen sie seinen toten Körper. Das erzählte ein Typ, der den Bärinnen auf wundersame Weise entkommen war. Man nannte ihn den »Ex-Mann der Bärin«.

Als sie die Geschichte der Bärinnen hörten, konnte Said auf Nabilas Gesicht Schadenfreude entdecken. Vermutlich dachte sie an jenem Tag darüber nach, sich eine goldene Kette zu kaufen, mit einem Medaillon, auf dem keine Karte des Landes, sondern eine Bärin abgebildet war, eine, die den großen Bruder, Soldat Heimat, vergewaltigt und gefressen hatte.

IV

In zwanzig Minuten wird der ICE an der Haltestelle Frankfurt Flughafen Fernbahnhof halten. Said Al-Wahid macht die Augen zu und wünscht sich, er würde sich an mehr Begegnungen mit seinen Eltern erinnern, an mehr Details, überhaupt an sein früheres Leben. Keine vollständigen Erinnerungen sind vorhanden, die irgendwelche Emotionen in ihm hervorrufen würden. Häufig weiß er nicht einmal, ob die Erlebnisse, an die er sich erinnern kann, wahr oder erfunden sind.

Said ist schon lange bewusst, dass er an Erinnerungsschwäche leidet. Wenn er früher manche Namen vergaß oder sich an Personen und Ereignisse nicht erinnern konnte, dachte er: Das ist nicht dramatisch, kein Grund zur Sorge. Jeder vergisst mal etwas. Vor einem Jahr oder vielleicht anderthalb Jahren wurde ihm dann klar, dass es sich bei ihm um eine schwere Gedächtnisstörung handeln muss.

Die Erkenntnis hing unmittelbar mit Saids Wunsch, Autor zu werden, zusammen. Er hatte mehrere Ideen für einen Roman gehabt, wollte bei Schlaglichtern aus der Vergangenheit ansetzen. Er fing an zu schreiben und geriet sogleich ins Stocken, kam nicht voran, scheiterte am Erinnern.

Es ging nicht um kleine Details, sondern um Zusammenhänge, oftmals um fast alles. Mehrere Jahre, von seiner Kindheit über die Jugend bis zur Gegenwart, waren verschwunden. Es war ein Schock. Sein ganzes Leben bestand aus wahllos sich überlagernden Bildern, kurzen Sätzen, lückenhaften Szenen und Anekdoten. Nichts schien vollständig zu sein, kein einziges Erlebnis in seiner Erinnerung.

Said Al-Wahid konnte nicht verstehen, was mit ihm los war. Allein der Versuch, sich zu erinnern, kostete ihn viel Energie. Jedes Mal wenn er etwas aus der Vergangenheit hervorholte, fühlte er sich im Nachhinein erschöpft und litt an Kopfschmerzen. Das Erinnern war eine Last, eine harte innerliche Arbeit. Das, was früher einmal in seinen Kopf gelangt war, fand nicht mehr hinaus, war gefangen wie in einem Labyrinth, und wenn es doch herausfand, dann blieb es unvollständig.

Was in den vergangenen drei bis sechs Monaten geschehen war, das konnte er zum großen Teil und auch lückenlos wiedergeben. Doch das vergangene Leben? Er hatte keine Ahnung. Wie oft traf er Menschen, die er mit seinem Verhalten verstörte? Unzählige Male. Sie erzählten ihm dieses und jenes, von tollen Dingen, die sie zusammen erlebt hätten. Said lächelte nur und wagte es nie, ihnen zu gestehen, dass er sich an ihre Gesichtszüge erinnerte, nicht aber an ihre Namen und nicht an die gemeinsamen Momente.

Beim Schreiben fielen ihm die Namen von Menschen nicht ein, mit denen er lange befreundet gewesen war. Er versuchte vergeblich, sich an den Namen eines Mädchens zu erinnern, mit dem er auf der Flucht in Kairo ein Bett geteilt hatte, oder war es in Bengasi gewesen? Hatte er überhaupt mit ihr geschlafen? Auch Namen von Straßen, in denen er gewohnt hatte, waren verschwunden. Wichtige Daten wie Geburtstage waren ausgelöscht. Details, Gesichtszüge, das Aussehen eines Hauses, eines Viertels oder einer Landschaft – all das war unauffindbar. Said Al-Wahid scheiterte bei jedem Versuch, einen längeren Text zu verfassen. Es war grauenhaft.

Eines Tages beschloss er, zum Arzt zu gehen. Der, bei dem er den frühesten Termin erhalten hatte, empfahl ihm nach einem zwanzigminütigen Gespräch, sich an ein »Behandlungszentrum für Folteropfer« zu wenden. Psychotherapie sei dringend empfohlen. Dort könne man mit solchen Traumata gut umgehen. Typisch, dachte Said. Wenn ein Migrant mit etwas kommt, das man in Deutschland nicht begreift, nennt man es »Trauma«. Was soll man tun, wenn das ganze Leben ein einziges Trauma ist? Soll man das Leben in ein »Behandlungszentrum für Folteropfer« schicken? Hatte das Gespräch mit dem Arzt überhaupt in einer echten Praxis stattgefunden oder hatte er sich auch das nur eingebildet?

Said sträubte sich jedenfalls gegen die Empfehlung des Arztes, ob sie nun tatsächlich ausgesprochen wurde oder nicht, schließlich fühlte er sich nicht krank. Ihm fehlten nur die Erinnerungen, über die er schreiben wollte. Das war kein Grund, ins Folter-Dingsbums zu gehen. Er wollte auch verhindern, dass irgendjemand in seiner Vergangenheit bohrte. Wer weiß, was dabei herauskommen würde. Es gibt

Orte im Gedächtnis, die sind wie Minenfelder, sie können einen in Stücke reißen. Ein Leben kann schön und erträglich sein – wenn man diese Orte meidet.

Im Internet fand Said heraus, dass es so etwas wie Erinnerungsverfälschung gibt. Dabei handele es sich nicht nur um das Vergessen, sondern auch um fiktives Ergänzen, beliebiges Ausschmücken und unabsichtliches Verändern eigener bestehender Gedächtnisinhalte. Grund dafür könne alles Mögliche sein. Betroffene wiederholten die erfundenen Szenen und mit Orts- und Zeitangaben ausstaffierten Ereignisse mehrfach, sodass sie letztendlich selbst glaubten, sie wären gänzlich wahr.

Auch wenn Said sich nicht hundertprozentig sicher war, ob diese Symptome eindeutig seinen entsprachen, veränderte dieses Wissen seinen Blick auf das Problem. Ihm wurde klar, woran er beim Schreiben gescheitert war. Der Versuch des genauen Erinnerns war ein Fehler gewesen.

Seine Erinnerungen sind unvollendete Ereignisse, unpräzise Skizzen eines Ortes, verborgene Gestalten und verschleierte Gesichter. Alles Teile eines großen Puzzles, das es zusammenzusetzen gilt, wenn man sich erinnern will. Viele dieser Teile existieren längst nicht mehr. Sie sind durch ein Loch im Gedächtnis verloren gegangen, unauffindbar. Said muss sich die Zusammenhänge also ausdenken. Dafür benötigt er die Erfindungsgabe, die er, dem Schicksal sei Dank, besitzt. Nur so kann er eine logische Handlung aufzeichnen und eine in sich geschlossene Geschichte erzählen. Er muss sich Erinnerungen erfinden.

Jedes Puzzle, das er auf diese Art zusammensetzt, könnte ein neues Buch werden. Es ist, als ob die Welt in seinem Gedächtnis schwarz-weiß wäre und er sie nur bemalen müsste, wie es ihm beliebt. Seit Said Al-Wahid das weiß, erlebt er einen »Schreibdurchfall«. Es geht voran. Er versucht nicht mehr, sich beim Schreiben genau zu erinnern. Es ist ihm gleichgültig geworden, wie die Geschichten aus seinem Gedächtnis auferstehen. Das Wichtigste ist: Sie sind da, egal, in welcher Form, als verwandelte Erinnerungen, verhexte oder verstellte. Es sind seine Erinnerungen, mit neuen Physiognomien und neuem Haarschnitt.

Innerhalb eines Jahres sind mehrere Erzählungen und ein Romanprojekt entstanden. Die Texte sind verfälschte Storys seines Lebens. Sie sind Versuche, eine einzige wahre Geschichte zu schreiben, nämlich seine, die niemals wahr sein kann.

Erstaunlicherweise findet Said Al-Wahid das Erinnern nicht mehr anstrengend, seitdem er es erfindet. Die Erinnerungen haben nun eine Struktur, eine Reihenfolge, und seine Geschichten haben, wie die Moderatorin bei dem Podiumsgespräch in Mainz behauptete, »eine heilende Leichtigkeit« erlangt.

Manchmal hat er den Eindruck, dass sich manche seiner Geschichten, an denen er schreibt oder an die er sich gern erinnern möchte, im Schlaf weiterentwickeln. Said träumt viel zu viel. Bedauerlicherweise erinnert er sich, wenn er aufwacht, nur an Bruchstücke der Träume. Im Schlaf erlebt Said sein in ihm versunkenes Leben erneut.

Zunehmend macht es ihm sogar Spaß, vergesslich zu sein. Gäbe es Pillen gegen Erinnerungsverfälschung, Said würde sie nicht einnehmen. Wovon sollten sie ihn heilen? Davon, dass er kein Heimweh und keine Sehnsüchte hat? Oder davon, dass er die Fähigkeit besitzt, die Welt nach Lust und Laune in neue Wirklichkeiten zu verwandeln?

V

Am Flughafen stehen viele Polizisten. Ein ganzes Team mit einem Hund hält sich vor den Check-in-Schaltern auf. Wie Geier auf der Suche nach fressbarem Aas kreisen sie um ihre Beute. Keiner von ihnen bemüht sich darum, nicht bedrohlich auszusehen, keiner versucht, freundlich zu schauen.

Said Al-Wahid hofft, dass es in den vergangenen Tagen nirgendwo in Deutschland einen Vorfall gab, in den ein Araber oder Muslim verwickelt war. Andernfalls würde er die Maschine wohl nicht mehr rechtzeitig erreichen.

Häufig denkt Said, dass alles an ihm, auch ohne Vorfälle, verdächtig sei. Er löst mit seiner Anwesenheit offensichtlich alle Alarmsignale in den Grenzbeamten aus. Alle, die irgendetwas zu verbergen haben, sollten sich in der Schlange direkt hinter ihn stellen, wenn sie unerkannt bleiben wollen. Er ist die beste Tarnung für andere. Braune Haut. Lange, tiefschwarze Haare. Vollbart. Spitze Nase. Eine Größe von hundertneunundachtzig Zentimetern. Er könnte Drogenbaron oder Dschihadist sein – ein Typ wie aus einem Hollywoodfilm. Ein Mann mit einem arabischen Namen in einem deutschen Reisepass noch dazu. Das ist zu viel für die Wahrnehmungsorgane der weißen Gesetzeshüter.

Wird Said kontrolliert, macht er alles mit, was von ihm verlangt wird. Er kennt diese polizeiliche Zeremonie schließlich so gut, dass er haargenau weiß, wie sie abläuft. Egal wo, ob am Hauptbahnhof, in der Fußgängerzone oder einfach irgendwo auf der Straße – zwei Polizisten tauchen auf, lassen die Hellhäutigen und Blonden in Ruhe und kommen direkt auf Said zu: »Ausweis, bitte!« Einer behält ihn im Auge und stellt Fragen, der andere telefoniert mit seinen Kollegen in der Zentrale, um herauszufinden, was der dunkelhäutige Ausländer im Leben so treibt. Nie würde er in so einer Situation den Fehler wiederholen, den er damals in München machte.

Es geschah an einem sonnigen Samstagnachmittag. Said Al-Wahid war mit einigen Mitschülerinnen und -schülern von der Sprachenschule im Englischen Garten zum Picknicken verabredet. Er hatte Erdnüsse, Dosenbier und eine kleine Decke in seinem Rucksack, und er freute sich auf das Treffen, denn er war neu in der Klasse und fing gerade erst an, zu einer Clique zu gehören. Am meisten freute er sich auf Nino, die auch kommen sollte. Said war in sie verknallt seit dem Moment, als er sie zum ersten Mal im Klassenzimmer gesehen hatte. Er hatte vor, sie zu fragen, ob sie mit ihm zusammen Deutsch lernen würde. Said stellte sich einen heißen Unterricht bei ihm zu Hause vor, bei dem Nino und ihm auf dem blauen Sofa schnell gleichgültig sein würde, ob der Nominativ zum Akkusativ wurde oder umgekehrt.

An der U-Bahn-Station Giselastraße stieg Said aus und ging die Treppe hinauf. Draußen betrachtete er für einen Moment die meterhohe weiße Skulptur *Walking Man* und musste schmunzeln. Einige irakische Bekannte nannten diese Figur »*Dschinn*«, »Dämon«, da sie keine Geschlechtsorgane hat. Sie hatten auch anderen Orten in München neue Namen gegeben. Den Karlsplatz Stachus am Ende der Fußgängerzone bezeichneten sie als »*Nebiaa Al-may*«, »Wasserquelle«, weil es dort einen Brunnen gibt. Sie verabredeten sich am Wochenende dort und spazierten über den Marienplatz, den sie »*OM-Al-Ajras*« nannten, »Mutter aller Glocken«. Von dort ging es weiter bis zum »*Sahat Alusud*«, »Löwenplatz«, wie sie den Odeonsplatz getauft haben, wo sich die Feldherrnhalle mit den Marmorlöwen befindet. Alle nennenswerten Treffpunkte im Zentrum Münchens hatten sie arabisiert.

Said stand noch immer vor dem *Walking-Man*-Dschinn und wollte gerade weiter Richtung Englischer Garten gehen, da kamen plötzlich zwei Polizisten auf ihn zu.

»Ausweis, bitte!«

»Wieso denn?« Said Al-Wahid fühlte sich überrumpelt und wich einen Schritt zurück.

»Ihren Ausweis!«, wiederholte einer der beiden in schärferem Ton und griff sofort nach Saids Arm.

»Lass mich los! Was soll das?«

Said wollte seinen Arm befreien. Doch bevor er überhaupt etwas tun konnte, hatte ihn der kräftige Mann schon auf den Boden geworfen. Er hielt ihn fest, drückte ihm das

Knie ins Genick und befahl: »Keine Bewegung!« Sofort wurden ihm Handschellen angelegt.

Said ließ alle Schimpfwörter vom Stapel, die er auf Deutsch kannte. Letztendlich schleppten ihn die Männer in ihren Wagen. Und von allem, was der Polizist zu ihm sagte, nahm Said nur das Wort »Antiterrorgesetz« wahr. Als er es hörte, verstummte er.

Nach einer kurzen Fahrt blieb das Auto im Hinterhof eines Polizeireviers in Schwabing stehen. Oder war es in Maxvorstadt? Die beiden Männer gaben ihn bei ihren Kollegen ab, dann machten sie auf dem Absatz kehrt.

Said Al-Wahid musste sich vollständig ausziehen. Nackt wie bei der Geburt stand er in einem Raum. Seine Kleider, sein Rucksack und sein Körper wurden untersucht. Sie suchten sogar mit Schutzhandschuhen in seinem After und zwischen den Hoden nach Waffen und Terroristen. Nachdem er sich wieder angezogen hatte, nahm man ihm Fingerabdrücke ab und fotografierte ihn. Im Nebenraum fragte ihn ein Polizist nach seinen Personalien. Er tippte die Antwort direkt in den Computer. Anschließend begleitete ihn ein Beamter in eine Einzelzelle. Die Tür fiel laut zu, und der Mann drehte den Schlüssel mehrfach im Schloss um. Ein paar Schritte. Dann Stille.

Die Zelle war ein kleines, quadratisches Loch, Boden und Wände weiß gefliest. Wie haben sich die weißen Fliesen in sein Gedächtnis eingeschlichen? Waren die Wände nicht gestrichen? Nur der Fußboden war gefliest, weiße Fliesen, schwarze Fugen.

Eigentlich sollte Said Al-Wahid zu diesem Zeitpunkt mit der schönen Nino auf einer Wiese sitzen und nicht in einer Gefängniszelle. Auf der Matratze liegend, fragte er sich, wieso er die Nerven verloren hatte, als der Polizist ihn am Ärmel festhielt. So leichtsinnig war er sonst nicht. Er wusste, die Welt war nach dem elften September und dem Afghanistan-Krieg extrem geworden. Die Polizei durfte einen Verdächtigen durch das neue Antiterrorgesetz für achtundvierzig Stunden einsperren, ohne Anklage. Oder waren es sogar vierundzwanzig Tage?

Er war sonst immer sehr vorsichtig. Auch andere, die er kannte, waren es. Alle fürchteten sich davor, von der Bevölkerung als Araber oder Muslime erkannt zu werden. Oftmals waren ihm arabische Jungs in Cafés oder auf der Straße begegnet, die sich als Europäer aus den Mittelmeerländern oder als Lateinamerikaner ausgaben. Manche änderten sogar ihren Namen. Mohamed hieß Mo oder Momy, Hussain wurde zu Haso oder Hasi. Er selbst hieß manchmal nicht Said Al-Wahid, was auf Arabisch »Glücklich, der Einsame« bedeutet, sondern Sad Wadi, »trauriger Flusslauf«, eine Kombination aus Englisch und Arabisch. Die Mädchen hingegen behielten ihre richtigen Namen. Die weißen Männer störten sich an ihrer Herkunft und Hautfarbe nicht, solange sie Miniröcke oder tief ausgeschnittene Kleider trugen. »Sexismus und Rassismus stammen aus demselben Scheißhaufen«, scherzte einst eine tunesische Kellnerin in einer Shishabar in der Münchner Prager Straße. »Keiner hält uns für Terroristinnen, solange die westlichen Männer uns, die

›orientalischen Schönheiten‹, besteigen dürfen. Sie stempeln uns mit ihren Spermien als nichtterroristisch ab. Ihre Frauen können euch Männer mit ihren Küssen hingegen nicht vom Verdacht befreien.«

Said schlief schlecht. Er schloss die Augen. Wachte bald wieder auf. Zählte die weißen Fliesen. Versuchte, wieder einzuschlafen. Erneut: Schlafen. Aufwachen. Zählen. Es war eine Nacht voller Albträume.

Am nächsten Tag saß er einem älteren Herrn in Anzug und Krawatte gegenüber. Wie er hieß? Wie er aussah? Said erinnert sich nicht mehr. Aber der Krawattenmann stellte sich vor als jemand vom Kriminalamt. Oder war er vom Bundesamt für Verfassungsschutz? Auf jeden Fall war er Beamter einer mächtigen Behörde. Said glaubt sich daran zu erinnern, dass noch ein junger Mann mit im Raum war, der kein einziges Wort sagte und sich nur Notizen machte. Der Krawattenmann verhörte Said, er stellte ihm viele Fragen über Familie, Religion und Politik. Zuletzt fragte er, ob Said irgendwelche Extremisten persönlich kenne. Said verneinte.

»Haben Sie Geld, Kleider, Medikamente, Lebensmittel für eine terroristische Organisation gespendet?«

»Nein.«

»Kennen Sie jemanden, der kürzlich in Afghanistan war?«

»Nein.«

»Besuchen Sie eine Moschee in München?«

»Nein.«

»Wieso nicht?«

Etliche »Nein« und unzählige gehaltlose Fragen wurden an jenem Tag ausgesprochen. Dann legte der Beamte eine Liste verschiedener Organisationen auf den Tisch. Von Said wurde verlangt, »Ja« oder »Nein« anzukreuzen, je nachdem, ob er sie kannte oder nicht kannte.

»Und wenn ich die alle nicht kenne?«

»Dann kreuzen Sie bitte überall ›Nein‹ an.«

Said Al-Wahid dachte, wenn er überall »Nein« ankreuzte, würde er vielleicht eine schriftliche Bestätigung erhalten, dass er mit Terrorismus und Islamismus nichts zu tun habe; und könnte sich mit dieser Bestätigung dann von jedem künftigen Verdacht und jeder Befragung befreien. Wieso nicht? Die Deutschen selbst hatten nach dem Zweiten Weltkrieg so einen Persilschein zur Befreiung von Nationalsozialismus und Militarismus von den Amerikanern erhalten. Es gab bedauerlicherweise keine solche Bescheinigung für Said Al-Wahid.

Bislang hat erstaunlicherweise keiner der Polizisten nach seinem Ausweis gefragt. Nach dem Check-in schlendert Said Al-Wahid eine Weile Richtung Terminal 1, in dem sich die Gates für die internationalen Flüge befinden. Nach der Handgepäckkontrolle nun die Passkontrolle.

Said steht vor dem Schalter für »EU-Bürger«. Dahinter sitzt ein Polizist, der die Reisenden freundlich anschaut und die meisten mit einem Handzeichen durchlässt. Hinter dem zweiten Schalter für »Alle Pässe« kauert ein kahlköpfiger Mann. Er sieht streng und genervt aus, als ob er am liebsten jemandem aufs Maul hauen möchte.

Said überreicht dem Polizisten seinen roten Reisepass. Der Mann scannt die erste Seite mit einem Lesegerät, das links von ihm auf dem Tisch steht. Er tippt etwas auf der Tastatur. Dann betrachtet er das Foto und verweilt beim Namen. Jetzt schaut er mit seinen winzigen blauen Augen Said an und begutachtet schließlich wieder das Foto im Pass. Das Gesicht des Polizisten, das zuvor lächelte, hat sich verändert.

»Können Sie Deutsch?«

»Wie bitte?«

»Können Sie Deutsch?« Der Polizist betont das D so kräftig, dass Said das Wort wie eine Beschimpfung oder Bedrohung vorkommt.

»Ich bin ein deutscher Staatsbürger.«

»Sprechen Sie Deutsch?«

»Ja.«

»Wohin?«

»Doha, dann Bagdad!«

»Geschäftlich oder privat?«

»Privat.«

Nach kurzem Zögern reicht der Beamte ihm schließlich den Pass zurück.

Said Al-Wahid geht weiter und ärgert sich über das Verhalten des Polizisten. Würde dieser einen weißen Mann, der einen deutschen Pass besitzt, fragen, ob er Deutsch könne?

»Papier ist Quatsch!«, sagte mal ein Typ zu Said, als er zufällig in der falschen Kneipe gelandet war. Das war vor einigen Monaten, und daran erinnert sich Said noch ziemlich gut.

Es war an einem kalten Nachmittag im Januar oder Februar. Said hatte sich mit Monica gestritten und verließ das Haus mit einer miserablen Laune. Üblicherweise schlendert er von der Wohnung über die Hermannstraße Richtung Hermannplatz und setzt sich dort in ein Café. Dieses Mal ging er in die andere Richtung, den Britzer Damm entlang, weil er nicht wollte, dass ihn irgendwelche Bekannten so schlecht gelaunt sahen.

Said bummelte eine Weile ziellos durch Neukölln. Langsam bekam er ein schlechtes Gewissen, weil er Monica angeschrien hatte. Es war darum gegangen, dass er keine Lust darauf hatte, im kommenden Frühling einige Tage mit Monicas Familie irgendwo in Brandenburg zu verbringen. Sie wollte es aber unbedingt. Ganz Brandenburg, wo Saids weiße Freunde aus Berlin gern Urlaub machen, sich einen Bauernhof oder ein günstiges Bahnwärterhäuschen kaufen und ihre Wochenenden dort mit ihresgleichen verbringen, ist für Said eine Verbotszone. Er hat längst aufgehört, dorthin zu fahren, hat keine Lust mehr, sich von verdrossenen Gesichtern anschauen zu lassen, als wäre er ein ekelerregender Pickel. Wieso sollte er? Deutschland ist ja riesengroß. Das »Boykott-Prinzip-für-mehr-Ruhe-im-Leben« nennt Said es. Er boykottiert Brandenburg. Trotzdem, dachte er, ist das keine Entschuldigung dafür, Monica anzuschreien.

Er schrieb ihr eine SMS: »Es tut mir leid, Schatz!«

Said war bald in einer Gegend, in der er überwiegend Wohnhäuser und nur noch wenige Geschäfte erblickte. In einer Nebenstraße schaute er sich genauer um. Es war seltsam leer, als wäre man nicht in der Hauptstadt, sondern irgendwo in der Pampa. Das andere Neukölln, Richtung Hermannplatz, war wie ein dauerhaftes Straßenfest, mit Läden und Menschen aus allen Ecken der Welt. Hier gab es nur noch eine Ödnis, dekoriert mit ein paar deutschen Flaggen auf den Balkonen. Said Al-Wahid fühlte sich zunehmend unwohl. Je mehr Flaggen, desto mehr grimmige Menschen. Das kannte er aus dem Irak, aus vielen anderen Ländern und eben auch aus Deutschland.

Das Smartphone piepte und vibrierte immer noch nicht. Keine Antwort von Monica.

Es regnete. Said hatte keinen Regenschirm mitgenommen, als er die Wohnung verlassen hatte. Er ging schneller und entdeckte endlich eine Eckkneipe. Ein Raucherlokal. Er machte die Tür auf, setzte sich an den ersten freien Tisch direkt am Eingang. Fünf oder sechs Männer, alle über fünfzig, drehten sich am Tresen um und schauten ihn an, als wäre etwas Ungewöhnliches passiert.

Der Fernseher lief lautlos im Hintergrund. Skifahrer fuhren eine Piste hinunter. Der ausgestopfte Kopf eines Hirsches hing über der WC-Tür. Ein Spielautomat. In einem weiteren kleinen Raum mit Billardtisch war niemand, an der Wand hing eine riesige Deutschlandfahne.

Die Kneipe erinnerte ihn an die arabischen und türkischen Teehäuser auf der anderen Seite von Neukölln. Dort hocken auch etliche Männer und blicken komisch drein, wenn ein Unbekannter das Lokal betritt. Nun saß er in einer solchen Bude, aber mit Bier und Schnaps und umzingelt von weißen Herren.

Der Kellner, ein kleiner, runder Mann mit ernsten Gesichtszügen, fragte ihn nach seiner Bestellung. »Bier vom Fass«, sagte Said und schaute noch einmal auf sein Smartphone. Er tippte eine neue SMS und schickte sie an Monica: »Schatz! Hallo!« Kurz darauf stellte der Kellner das Glas Bier auf den Tisch: »Zum Wohl.«

Ein langer, dünner Mann stand plötzlich vor Said und zündete sich eine Zigarette an. »Darf ich?«, fragte er und zeigte mit der Hand auf den leeren Stuhl. Said stotterte zunächst: »Klar … aber …« Dann sagte er sehr freundlich: »Ich freue mich über Gesellschaft.«

Bevor sich der Mann auf den Stuhl gesetzt hatte, begann er bereits das Gespräch: »Ich nehme an, du bist kein Deutscher.«

»Wie bitte?«

»Du bist kein Deutscher«, wiederholte der Mann und setzte sich endlich.

»Ich besitze die deutsche Staatsbürgerschaft.«

»Papier ist Quatsch! Woher kommst du?«

Wieso sagte Said ihm nicht, er solle ihn sofort in Ruhe lassen? Hatte er Angst, einem weißen Einheimischen zu sagen, er wäre gern allein? Oder war er neugierig und wollte herausfinden, was der Mann zu sagen hatte?

Es entwickelte sich schließlich ein langes und belangloses Gespräch. Der Mann beschwerte sich über die Flüchtlinge, die, wie er meinte, sein Land erobert hätten. Er beschimpfte »die Schlampen« und »die Schwuchtel« im Kanzleramt, hielt die Europäische Union für »einen Haufen Scheiße« und bezeichnete neunundneunzig Prozent der Asylbewerber im Land als »Lügner«. Er blieb dabei überraschend ruhig. Er wurde erst aggressiv, als Said ihn fragte: »Was ist die Lösung für euer Problem? Was genau willst du?«

»Alle Fremden, die hier sind, müssen nach Afrika oder Arabien zurückkehren. Alle müssen abgeschoben werden. Sonst kommt irgendwann der richtige Mann. So machen wir das: Wir lassen ihn kommen.«

»Arabien? Und wen willst du kommen lassen?«

Der Mann streckte seinen rechten Arm mit flacher Hand auf Augenhöhe schräg nach oben. »Sieg Heil! Er ist die Lösung, wenn das so weitergeht.«

Nach weiteren absurden Ausführungen stand der Mann auf und ging aufs Klo. Said war froh darüber, denn er fühlte sich erschöpft. Fast dreißig Minuten lang hatte er mit dem Rassisten über Arterhaltung und Entfremdung geredet. Er wollte nur noch nach Hause. Er hatte keine Kraft mehr. Einen Moment später stand auch er auf und ging zur Theke, um zu bezahlen. Der Kellner spielte gerade mit seinem Smartphone und zeigte einem anderen Mann an der Theke ein Video. »Schau mal hier«, wandte sich der Kellner an Said, »ist echt lustig!«

Große Frauenbrüste hüpften bei einer wilden Autofahrt auf und ab. Das Bild wurde durch ein zweites Bild unterbrochen, auf dem ein Koboldmaki mit großen Augen auf einem Ast hockte. Die Brüste der Frau wackelten schnell, die Augen des Koboldmakis wurden größer und weiter.

Said sagte nur: »Okay«, und lächelte gezwungen.

»Er findet das nicht lustig!«, sagte der Mann. »Wo hast du Deutsch gelernt?«

»An der Uni.«

»Okay, du hast studiert. Was machst du dann hier in dieser Scheißkneipe?«, fragte er und sah dabei den Kellner an.

Said Al-Wahid stand wieder vor der Kneipe, es regnete noch immer, aber nicht mehr so stark. Er war gerade losgegangen, war schon ein paar Meter von der Kneipe entfernt, da rief ihn eine Stimme. »Hey, du!« Said drehte sich um. Schon wieder der Typ, der zuvor an seinem Tisch gesessen hatte. Der Kerl kam zu ihm und sagte freundlich: »Stefan, der Besitzer der Kneipe, würde sich freuen, wenn du wiederkämst. Er freut sich über neue Kunden.«

»Alles klar. Danke.«

Said ging los, ging durch den leichter gewordenen Regen.

VI

Das Gate ist überfüllt. Einige Menschen blättern in ihren Zeitungen. Andere beschäftigen sich mit ihren Laptops, Tablets oder Handys. Manche sind in ein Gespräch vertieft. Einzelne, wie Said, betrachten die vielen Flieger auf dem Flugplatz, wie sie starten oder landen. Wie oft hat er sich in diesem Leben bereits von Bagdad verabschiedet?

Drei Mal.

Das erste Mal war, als das ganze Land noch unter der Diktatur litt. Er stand vor dem Grenzposten Trebil an der jordanischen Grenze. Es gab um ihn herum weit und breit nur Wüste. Er hatte Angst, sein ganzer Körper zitterte, sein Herz pochte wie ein Presslufthammer und schien ihm bald aus dem Brustkorb zu springen. Er versuchte, langsam ein- und auszuatmen, aber es gelang ihm nicht, die Nervosität war gewaltig. Er konnte nicht glauben, dass er wirklich ausreisen durfte. Das Land war ein riesiger Käfig, alle Insassen waren entweder Soldaten oder Sklaven der eigenen Regierung. Heimaten sind oft nur Gefängnisse – mit zugelassenen Folterinstrumenten. Aber Said stand nun kurz davor, das Gefängnistor zu passieren. Sein Reisepass war nicht gefälscht, er hatte alles ordnungsgemäß, allerdings auch mit Bestechungen, erledigt. Trotzdem erschien es Said Al-Wahid unwirklich, dass er irgendwohin gehen konnte, wo die Fotos und Statuen des Präsidenten und das Antlitz seiner bewaffneten Männer nicht überall zu sehen sein würden. Sie waren wie die Gespenster eines langen, scheinbar nie enden wollenden Albtraums.

Der Beamte am Grenzposten, der hinter seinem Tisch in einem kleinen Häuschen saß, trug einen langen Schnurrbart, wie der Präsident selbst, der in Militärkleidung mit Sternen und Orden an Schultern und Brust von einem großen Bild an der Wand streng auf Said herabsah.

»Wohin?«

»Amman.«

»Was machst du dort?«

»Urlaub?«

»Urlaub?«, wiederholte der Beamte in genauso fragendem Ton. Er schaute Said Al-Wahid skeptisch an. Er wusste, dass keiner aus den Armenvierteln wie dem Asch-Scha'b es sich in der Zeit des Embargos leisten konnte, im Ausland Urlaub zu machen.

»Ja.«

»Und wann kommst du zurück?«

»In zwei Wochen.«

Der Schnurrbartmann drückte einen Stempel in den Pass und reichte ihn zurück. »Mal schauen, ob wir uns in zwei Wochen wiedersehen!«

Als Said das nächste riesige Plakat sah, hörte das Zittern in seinem Körper sofort auf. Darauf war nicht der Präsident abgebildet, sondern der König von Jordanien. Es standen an der Grenze keine bewaffneten Männer in Kakikluft, sondern Männer in einer anderen Uniform, an deren Farbe Said sich nicht mehr erinnern kann. Er war tatsächlich auf der anderen Seite.

Nicht nach zwei Wochen, sondern nach beinahe einem Jahrzehnt, erst als die Diktatur in Bagdad gestürzt worden war, wollte Said zurückkehren und die Familie endlich wiedersehen. Doch wie? Er war ein Asylberechtigter in Deutschland, durfte zwar in andere Länder reisen, aber den Irak auf keinen Fall betreten. Würden die deutschen Behörden von einer derartigen Reise erfahren, würde er das Aufenthaltsrecht sofort verlieren. Im Basra-Teehaus auf der Schwanthalerstraße erzählte ihm jedoch ein Bekannter, es gäbe eine Möglichkeit, in den Irak zu gelangen, ohne den blauen Reisepass für Flüchtlinge an der Grenze mit einem Stempel versehen lassen zu müssen.

»Es ist eine inoffizielle Abmachung zwischen der syrischen Regierung und den irakischen und kurdischen Parteien.«

»Okay.«

»Mein Onkel arbeitet für die Irakische Kommunistische Partei. Er wohnt in Syrien und kümmert sich darum. Das kostet natürlich Geld. Ich kann für dich eine Bürgschaft unterschreiben. Die kostet allerdings auch Geld.«

»Die Fremde ist ein Synonym für Pleite«, lachte Said. »Sie ist ein verlorenes Geschäft!«

Said Al-Wahid flog nach Damaskus. Von dort fuhr er

weiter mit dem Bus nach Qamischli. In einem Laden in der Fußgängerzone, der als Büro für die Kommunistische Partei fungierte, kaufte er von dem Onkel eine teure schriftliche Einverständniserklärung der Partei für Reisende. An dem syrischen Grenzposten wurde dann dieses Formular abgestempelt, nicht sein blauer Pass. Nachdem Said mit anderen Passagieren in einem Boot den Fluss Tigris überquert hatte und auf der irakischen Seite, in Kurdistan, angekommen war, akzeptierten die kurdischen Grenzpolizisten ebenfalls dieses Formular – ohne Wenn und Aber. Laut blauem Reisepass war er noch immer in Syrien, aber Said Al-Wahid stand erstmals nach all den Jahren wieder auf irakischem Boden.

Auf seinem weiteren Weg nach Bagdad fand Said also keine Diktatur mehr vor, aber dafür staubige, verrauchte und verkohlte Ruinen.

Er erinnert sich, wie die Männer der Nachbarschaft und der Verwandtschaft bei ihnen zu Hause vorbeikamen, um ihn zu begrüßen. Sie fragten ihn, ob er sich in den letzten Jahren im Ausland Geschäfte, Häuser oder Reichtum habe aneignen können, ob er geheiratet und eine Familie gegründet habe. Damals existierte Monica in seinem Leben noch nicht. Er antwortete, er würde gerne bald mit dem Studium anfangen. Die vielen Besucher verließen das Haus und kamen nie wieder zurück. Saids Bruder Hakim lachte: »Sie dachten, sie würden Taschengeld kriegen oder mit dir ein neues Geschäft starten, vielleicht einen Autotransport, eine Kfz-Spedition zwischen München und Bagdad.« Die Wahrheit war: Die Nachbarn und die Verwandten hielten Said Al-Wahid für einen Versager.

Er stand also als Versager aus dem Ausland in einer ihm nun fremden Stadt. Alles sah anders aus. Früher hatte er die Gegend gekannt, jeden Weg und jeden Stein, hatte gewusst, wie die Straßen hießen. Die Statuen und die Gemälde des Präsidenten hatten oft als Wegmarken fungiert, an denen er sich orientiert hatte: der Präsident lächelnd hier, dort etwas ernsthafter, drüben mit Cowboyhut, unten ohne Turban, an der Spitze mit Schwert, am Flussufer mit einer Pistole. Das alles gab es nun nicht mehr. Viele Gebäude waren zerstört. Manche Geschäfte waren abgerissen worden. Die Straßen hatten neue Namen erhalten. Die Plakate und Parolen waren neu. Einige, die vorher als »Feinde der Nation« und »Terroristen« gegolten hatten, nahmen nun mit ihren Gemälden den Platz des ehemaligen Präsidenten an Kreuzungen ein. Said stand am Tahrir-Platz im Zentrum und hatte keine Ahnung, wohin. Es dauerte einige Tage, bis er sich ein bisschen besser orientieren konnte und die neue Ordnung durchschaute.

Er verstand, dass das Poster eines neuen Führers an einer Kreuzung hieß: Die Gegend gehörte nun ihm. Hier weilten seine Männer. Es galten seine Gesetze. Bald stellte er fest, dass die Stadt neu unterteilt worden war: Fast jede ethnische Gruppe hatte ihr Viertel. In der Hauptstadt gab es unendlich viele Flaggen von neuen Parteien und religiösen Gruppierungen an den Wänden und Dächern zu sehen.

Said hatte allerdings noch nirgendwo die Nationalflagge entdeckt. Am Firdaus-Platz in der Stadtmitte, wo die amerikanischen Soldaten die große Statue des Diktators zerstört hatten, sah er sie schließlich. Der Platz war wie die Begräbnisstätte eines verlorenen Landes, der einzige Ort, an dem man noch die Nationalflagge erblicken konnte.

Schnell entschied Said Al-Wahid sich dazu, wieder zurück nach Deutschland zu gehen und auch künftig nicht im Irak zu leben. All die Jahre zuvor hatte er sich vorgestellt, irgendwann wieder für immer heimzukehren. Es war seine große Sehnsucht gewesen, ein Traum, der ihn jahrelang begleitet hatte und der nun zerbrach wie ein Spiegel, sich in eine Tatsache aus Scherben verwandelte. Er spürte die Fremde mitten in Bagdad mächtiger als in den fernen Ländern.

Eine Busfahrt an einem Freitag war vermutlich der Auslöser. Said wollte seine Schwester Nabila besuchen, die in einem anderen Viertel, in Al-Hurriya, mit ihrem Ehemann und ihrem Kind wohnte. Er stieg in den Bus. Explosionen waren zu hören, gelegentlich Salven. Niemand interessierte sich dafür, alle waren an die Straßenkämpfe zwischen den amerikanischen Soldaten und den verbliebenen Anhängern des Diktators gewöhnt, auch Said hatte sich inzwischen daran gewöhnt. Soldaten standen hier und da vor Panzern oder anderen Fahrzeugen, immer wieder auch maskierte Männer.

Der Busfahrer mit seinem knochigen Gesicht saß da, hatte den Kassettenrekorder eingeschaltet, die sanfte Stimme der libanesischen Sängerin Firouz drang allen ins Ohr, und er sang mit: »Ich liebte dich im Sommer, ich wartete auf dich im Winter.« Said fand es faszinierend, wie der Mann seine Umgebung ausblenden und diesen gefühlvollen Moment erleben konnte. Plötzlich wurde der Bus von einem Taxi von der Straße gedrängt und musste auf dem Bürgersteig stoppen. Der Verkehr kam zum Stehen. Der Busfahrer schlug mit der Hand auf den Kassettenrekorder. Die Stimme der Sängerin verstummte. Der Busfahrer holte etwas unter seinem Fahrersitz hervor. Es war eine dicke Holzkeule, an der eine schwarze Asphalt-Kugel voller Nägel hing. Mit allen Schimpfwörtern, die die arabische Sprache zu bieten hat, stieg der romantische Busfahrer aus. Nach einem kurzen Wortgefecht mit dem Taxifahrer hämmerte er mit der Keule mehrmals auf das Taxi ein. Der Taxifahrer versteckte sich in seinem Wagen, und Said konnte ihn gar nicht mehr sehen.

Der Busfahrer kehrte zurück, setzte sich, verstaute die Keule unter seinem Sitz und schaltete den Kassettenrekorder wieder an. Die sanfte Stimme von Firouz ertönte erneut aus den Lautsprechern: »Ich liebte dich im Sommer, ich wartete auf dich im Winter …«

Said ist sich nicht sicher, ob diese Szene mit dem Busfahrer wirklich stattgefunden hat. Oder hat er sie früher, in der Zeit der Diktatur, erlebt oder gar in einem ganz anderen Land, als er auf der Flucht war? Oder hat er sie gänzlich erfunden?

Die Maschine ist nun fast voll und startbereit. Zum Glück hat Said etwas mehr Bewegungsfreiheit, denn der mittlere Platz in seiner Reihe ist frei geblieben. Am Fenster hockt ein junger Mann, vielleicht Anfang zwanzig.

Müdigkeit und innere Unruhe breiten sich in Said aus. Auf den Irak freut er sich nicht wirklich. Auch sein zweiter Besuch, zwei Jahre nach der Fahrt mit dem romantischen Busfahrer, war grauenvoll. Und wären zu jener Zeit nicht seine Mutter und seine Schwester beide noch am Leben und im Land gewesen, er wäre wahrscheinlich gar nicht erst nach Bagdad gekommen.

Als er damals ankam, war das Chaos am Bagdader Flughafen unbeschreiblich. Hakim holte ihn mit drei Männern ab. Sie waren wie Saids Leibwächter und hatten Pistolen dabei. Einer von ihnen war früher wohl ein Schulkamerad von ihm gewesen. Er erzählte stolz, wie er Said einmal auf dem Schulhof verprügelt hatte. Der zweite war angeblich stammverwandt. Der dritte war ein Nachbar. An keinen der drei konnte Said sich erinnern.

Hakim saß am Steuer. Vom Beifahrersitz aus betrachtete Said durch das Autofenster die Umgebung und wunderte sich, wie rasant sich Bagdad nach seinem letzten Besuch verändert hatte. Die Stadt war chaotischer geworden, mit noch mehr Müllhaufen und mehr grimmigen Männern in Zivil und Uniform an den Straßenrändern, die bis an die Zähne bewaffnet waren. Es war Hochsommer, ungefähr siebenundvierzig Grad. Eine unerträgliche Hitze, als würde der Himmel Feuer auf die Erde spucken. Man hätte leicht ein Spiegelei auf dem Asphalt braten können. Auf den Straßen schien es, als hätten sich die Autos tausendfach vermehrt. Man kam von einem Stau in den nächsten. Auch gab es unzählige Polizeikontrollen und Barrikaden, die den Verkehr verzögerten.

Der Schulkamerad erzählte Said, dass er zu einer Miliz gehöre, die sich »die Armee des Erlösers« nenne. »Wären unsere Soldaten nicht da gewesen, hätten die Anhänger des Diktators und die Dschihadisten unsere Leute gnadenlos geschlachtet und Kebab aus uns gemacht.«

Said hörte zu und schwieg. Es war eine fremde Welt, gruseliger als in der Zeit der Diktatur und gruseliger als im Chaos der amerikanischen Soldaten. »Gottes Soldaten«, »die Wächter des Paradieses« und »die Streitmacht des Himmels« waren nur ein paar Namen von bewaffneten Milizen, die nun überall im Land herrschten. Früher hatte Said geglaubt, alles würde erträglicher werden, wenn es mit dem Polizeistaat vorbei wäre. Aber so kam es nicht, und Said konnte sich noch immer nicht erklären, worin das Problem lag. Es war kompliziert und unübersichtlich. Gott selbst war bewaffnet.

»Das Land hat sich sehr verändert«, sagte der Nachbar. »Es gibt sogar Schwuchteln, die Partys feiern und sich wie Schlampen benehmen.«

Said schwieg.

»Wir haben ihnen eine Lektion erteilt«, erwiderte der Schulkamerad stolz. »Die ›Armee des Erlösers‹ hat ein paar Typen von denen erwischt. Wir haben die Köpfe der Zuhälter zerschmettert. Und mithilfe von Kartuschenpistolen haben wir die Löcher in den Hintern der Schwuchteln mit Silikon verstopft. Abgeschlossen – für immer und ewig!«

Said schwieg weiter.

»Weißt du was? Ich habe einige Dschihadisten, die wir in unserer Gegend ertappt haben, sonderbehandelt und in die Pfanne geschlagen.«

»Was bedeutet das: ›in die Pfanne schlagen‹?«

Er lachte. »Ich habe sie verklebt.«

»Mann!«, sagte der Stammverwandte. »Hier wird man sofort herausfinden, dass du nicht im Lande wohnst. ›Jemanden in die Pfanne schlagen‹ oder ›verkleben‹ bedeutet: sonderbehandeln, also hinrichten.«

»Mit seinen langen Haaren hat er sowieso schlechte Karten«, sagte der Nachbar und deutete auf Said. »Entweder wird er von Dschihadisten verklebt oder von den Banditen entführt.«

Hakim lachte und sagte: »Er muss einen Schleier tragen und zu Hause hocken – mit den Kindern und Frauen.«

Als sie ins Viertel Asch-Scha'b fuhren, blickte Said durch das Fenster auf noch mehr Staub, Chaos, Kontrollen und unzählige Fotos von einem Imam, der sich für den »Führer des islamischen Widerstandes« hielt. Seine Bilder und Parolen hingen überall. Said meinte den Imam heute sogar öfter zu sehen als den gestürzten Diktator früher.

Der ehemalige Schulkamerad verkündete stolz: »Unser Führer.« Er zeigte auch hier, wie schon einige Male während der Fahrt, bei einer Polizeikontrolle seinen Ausweis vor, und man ließ sie respektvoll passieren. Sein Ausweis schien mächtig zu sein, wie früher der eines Sicherheitsbeamten.

Der Bürgerkrieg hatte offiziell noch nicht begonnen, doch auf der Fahrt vom Flughafen bis nach Hause wurde Said klar, dass sie längst mittendrin steckten.

Er hatte damals drei Wochen lang bleiben wollen, hielt es aber nicht länger als sechs Tage aus, buchte um, verließ Bagdad zum dritten Mal und kehrte wieder zurück in die erträgliche Fremde. Unterwegs notierte Said sich einen Satz, den er bis heute immer wieder sagt, wenn man ihn über seine alte Welt befragt: »Ein kurzer Aufenthalt mit Islamisten ist eine lange Hölle.« Said Al-Wahid war seitdem nie wieder im Irak, er wollte nicht mehr. Er konnte nicht mehr.

VII

Würde er noch den irakischen Reisepass besitzen, wäre es sehr kompliziert, ein Transitvisum für Katar zu erhalten. Wie schon vor circa zwanzig Jahren, als Said Al-Wahid auf der Flucht war, ist noch immer kein Land am Golf dazu bereit, jemandem aus dem Irak ein Visum zu geben oder ihm zu erlauben, einen Zwischenstopp im Transitbereich einzulegen. Nun ist er in Doha gelandet, das erste Mal überhaupt, jedoch als deutscher Staatsbürger, dafür benötigt er weder ein Transitvisum noch irgendeine Reiseerlaubnis. Die Grenzbeamten lassen ihn durch, als sie seinen roten Reisepass erblicken. Nicht nur Kleider machen Leute, sondern auch ihre Dokumente.

Es ist zehn Uhr abends mitteleuropäischer Zeit – elf Uhr arabischer Standardzeit. Said Al-Wahid hat sieben Stunden Aufenthalt auf dem großen Flughafen von Doha. Er flaniert durch das Terminal, schaut sich die Läden an, die noch aufhaben. Er kauft im Illy-Café einen Becher Kaffee, dampft im Raucherbereich. Dann spaziert er weiter und hält sich vor einem Buchladen auf. Er ist leider zu. Said betrachtet einige Buchumschläge im Schaufenster. Ein Buch mit dem Titel *Bagdad, die Stadt des Friedens*. Ein schmales Buch, *Die Taube* von Patrick Süskind, das anscheinend in Neuübersetzung verfügbar ist. Ausgerechnet dieses Buch findet er hier! Er hatte es einmal in Asien gekauft und in Afrika verloren, es dann jedoch in Europa kurzzeitig wiedergefunden. Beide Male hatte er es nicht geschafft, das Buch zu Ende zu lesen. Vollständig hatte er es erst Jahre später gelesen, auf Deutsch, als er an der Universität studierte. Es kommt Said Al-Wahid vor, als wäre dieses schmale Buch eng mit seinem Schicksal in der Fremde verbunden.

Das erste Mal hatte er *Die Taube* in einem kleinen Buchladen in der jordanischen Hauptstadt entdeckt. Nach seiner Ankunft in Amman wusste er genau, wohin er zuerst gehen sollte. Von einem Bekannten in Bagdad hatte er die Adresse eines Hotels erhalten, dessen Besitzer ein Iraker war. Said übernachtete in jenem günstigen Laden in der Stadtmitte, der den Namen einer sumerischen Göttin trug. Wie hieß er? Es war das Hotel Inanna, benannt nach der Göttin der Liebe und des Kriegs. Es wohnten dort selbstverständlich keine Cherubim und Götter, sondern viele Wanzen und Kakerlaken mit Menschen wie Said, die sich nur diese Sorte Unterkunft leisten konnten.

Said Al-Wahid konnte in der Nacht sicherlich kaum schlafen. Er muss unruhig gewesen sein. Wie hatte sich jene erste Nacht in der Fremde für ihn angefühlt? Er wird es niemals herausfinden können. Diese Gefühle hat er längst vergessen. Er erinnert sich noch daran, dass er im Bett liegend an seine Mutter dachte und leise weinte.

Nach ein paar Tagen zog Said weiter ins Masarweh-Viertel, in dem viele Ausländer und arme Menschen wohnten. Dort fand er in einer engen Gasse einen bezahlbaren Schlafplatz in einer Wohngemeinschaft mit anderen Landsleuten. Es waren fünf oder sechs junge Männer, alle arbeiteten schwarz in einer Zementfabrik am Rande der Hauptstadt. Sie gingen mit dem Morgengebet zur Arbeit und kamen kurz vor dem Abendgebet erschöpft zurück. Sie kauften Falafel, Humus und Brot im Imbiss um die Ecke und im Kiosk gegenüber Joghurt, Cola, Gurken, Tomaten, Kohle und Shisha-Tabak. Nach dem Abendessen rauchten sie Shisha mit Haschisch. Kurz darauf konnten sie nicht mehr reden, ihre Gesichtszüge wirkten ruhig und nicht mehr verbittert, dann gingen sie zufrieden ins Bett.

Obwohl er sich einen solchen Alltag – den seiner Mitbewohner – nicht wünschte, musste Said nach einer Arbeit suchen und war bereit, jede Stelle anzunehmen. In der Zementfabrik hatte er keinen Erfolg. Er wolle keine weiteren Iraker, meinte der Boss, als Said eines Morgens vor ihm stand.

Said Al-Wahid klopfte an die Türen vieler Fabriken, Betriebe und Läden. Vergeblich. Das Land war voller Ausländer, hauptsächlich Iraker, die bereit waren, für wenig Geld jeden noch so miesen Job zu machen. Außerdem hatte Said nur ein dreimonatiges Touristenvisum und durfte nicht arbeiten. »Touristen dürfen kein Geld verdienen, sie dürfen nur Geld ausgeben, du Tourist!«, scherzte einmal einer seiner Mitbewohner, als Said ihm erzählte, er habe immer noch keinen Job gefunden.

Schließlich stellte Said Al-Wahid sich täglich von sechs bis zehn Uhr an eine Kreuzung in der Gegend Jabal-Amman. Dort stand er zusammen mit Handwerkern, Maurern und Hilfsarbeitern. Er hoffte, dass ihn jemand mitnehmen und schwarz auf einer Baustelle arbeiten lassen würde, damit er etwas Geld verdienen konnte. Wenn einer mit seinem Wagen anhielt und rief, rannten zuerst diejenigen zu ihm hin, die körperlich am stärksten waren. Sie schubsten sich den Weg frei und stellten sich vor. Wenn sie Aufträge erhielten und wegfuhren, kam der Rest der Männer an die Reihe. Jenen, die gut schubsen konnten und sich den Weg selbst frei machten, musste man folgen, sich hinter sie stellen und hoffen, dass die Arbeitgeber mehrere Mitarbeiter brauchten. Die Grundregel für alle an der Kreuzung war: Wer schubst, überlebt. Wer sich dahinterstellt, kann ebenfalls überleben.

Die Zeit auf einer Baustelle verging langsam. Vor der Mittagspause zog sie sich schleppend und mühsam dahin, als hätte sie gekifft. Die Uhrzeiger wurden schläfrig. Nach dem Mittagessen konnte man kaum aufstehen. Man fühlte sich schwer und träge, aber man musste weiterarbeiten. Die letzten Stunden kamen einem dann wie eine Ewigkeit vor. Am Abend war Said Al-Wahid wie seine Mitbewohner kraftlos und hatte Muskelschmerzen. Er war froh, etwas verdient zu haben, aber er fragte sich jedes Mal, wie es weitergehen sollte.

Wenn er kein Jobangebot an der Kreuzung erhielt, machte er sich auf den Weg zu den Botschaften der europäischen Länder in den schönsten und saubersten Vierteln der Stadt. Unzählige Male ließ er Passfotos von sich machen, kopierte seinen Reisepass und seine anderen Dokumente.

Es war jedes Mal dasselbe. Vor ihm standen Hunderte von Irakern in einer Schlange, und alle träumten sie von irgendeinem Visum. Und immer war das Ergebnis: Keiner bekam irgendetwas. Es war so, als ob Said an Haustüren klopfen und um Hilfe rufen würde, aber niemand machte auf. Und wenn doch, dann nur mit dem Befehl: Verpiss dich!

Eines Tages war er bei einer Botschaft, der griechischen, der niederländischen oder vielleicht auch einer anderen. Nach der Antragsstellung ging er mit zwei Landsmännern spazieren, die er an der Botschaft getroffen hatte und ein wenig kannte. Er hatte mit ihnen einmal auf einer Baustelle gearbeitet. Sie waren gute Schubser.

Sie plauderten und malten sich den Tag aus, an dem sie Europa erreichen würden. Einer der beiden meinte: »Es wäre echt toll, einen Ort zu finden, an dem nicht überall das Bild eines Herrschers herumhängt.«

Zufällig passierten sie die kuwaitische Botschaft. Der Jüngere sagte: »Ich denke, meine Mutter hatte recht. Alles, was uns passiert, ist eine göttliche Bestrafung, weil wir Kuwait erobert und die Menschen dort massakriert haben. Ja, so verstreut auf der Erde zu leben, das ist die Strafe.«

Der andere scherzte: »Wollen wir uns bei ihnen entschuldigen?«

Said dachte nicht lange nach und ging auf das Botschaftsgebäude zu. Die beiden anderen folgten ihm über die Straße. Der Wächter war überrascht und sagte, die Botschaft sei geschlossen und sie sollten nächste Woche wiederkommen.

»Wir sind Iraker. Wir wollen uns entschuldigen für das, was unsere Armee den Kuwaitern angetan hat«, sagte Said. »Können wir mit dem Botschafter sprechen?«

Der Mann lächelte: »Ich bin kein Kuwaiter, sondern ein Palästinenser. Ich arbeite hier nur. Gehen Sie bitte! Die Botschaft ist heute geschlossen.«

»Würden Sie davon berichten, dass wir da waren?«

»Ja, das tue ich, versprochen! Aber gehen Sie bitte!«

Als Said und die beiden anderen jungen Männer ein paar Meter gegangen waren, sagte der Jüngere: »Nicht einmal einen echten Kuwaiter können wir finden, um uns zu entschuldigen. Göttliche Strafe!«

Es erschien Said wahrlich wie eine Bestrafung, dieses Leben in Amman. Nach drei Monaten lief sein Touristenvisum ab. Er sollte entweder Aufenthaltsgebühren zahlen oder das Land sofort verlassen. Aber wohin? Die zwei anderen arabischen Länder, die in jener Zeit bereit waren, Iraker zu begrüßen, waren Libyen und der Jemen. Beide Länder suchten nach Arbeitskräften. Über den Jemen erzählte man sich, dass das Land so groß sei, dass selbst das geduldigste und schlauste Tier der Sahara, das Kamel, die Orientierung dort verliere. Im »Glücklichsten Jemen«, wie man dieses Land in alten Zeiten genannt hatte, würde in jener Zeit der politischen Unruhen viel geweint. So waren die Gerüchte. In den Jemen konnte man sogar ohne Visum fliegen. Aber man musste sich eben ein Ticket leisten können. Der Flug nach Sanaa kostete ein Vermögen. Nach Libyen konnte man nicht fliegen. Flugverbot. Wie in den meisten arabischen Staaten herrschte dort eine Diktatur. Das Land litt auch unter einem Embargo. Mit dem Bus allerdings durfte man einreisen, über Ägypten. Drei oder vier Tage Fahrt. Das Ticket war bezahlbar.

Jordanien kam Said damals vor wie ein geschlossener, dunkler Raum, in dem es weder Fenster noch Türen gab. Die ganze Welt kam ihm so vor. Es existierte in der Wand nur ein einziges kleines Loch, durch das er wie eine Maus hindurchschlüpfen konnte. Was ihn dahinter erwartete, wusste er nicht. Said Al-Wahid entschied sich, nach Libyen aufzubrechen.

Seinen letzten Tag in Amman verbrachte Said allein in einem kleinen Zimmer in einer Pension im Zentrum. Er wollte dort gar nicht übernachten, sondern sich einfach nur tagsüber in einem sauberen Raum mit Klimaanlage ausruhen und sich diesen Luxus zum Abschied gönnen, statt in der Stadt unter der unbarmherzigen Sonne umherzulaufen oder in der verschimmelten Wohngemeinschaft zu hocken. Bevor er gegen Mittag ins Zimmer ging, hatte er in einem kleinen Buchladen vor der Pension nach einem Buch gesucht, das er auf der langen Reise lesen wollte. Der Buchhändler empfahl ihm *Die Taube*. Er betonte: »Neuerscheinung.« Das Bändchen war günstig. Said kaufte es.

Es waren ruhige Stunden, die er in der Pension verbrachte. Er duschte sich und saß im Bett und schaute fern. Irgendwann stand er auf und erblickte durch das kleine Fenster eine Verkehrspolizistin auf der gegenüberliegenden Kreuzung. Es war das erste Mal in seinem Leben, dass er eine Frau sah, die als Verkehrspolizistin arbeitete. Eine Frau mit Hut und Pfeife, die den Verkehr so lenkte, wie sie wollte. Lange schaute Said aus dem Fenster und beobachtete sie bei der Arbeit.

Kurz vor Mitternacht stand Said Al-Wahid am Fernbahnhof vor dem Reisebüro. Es waren sehr wenige Menschen da, auch der Bahnhofskiosk war geschlossen. Der Mitarbeiter des Reisebüros stand mit dem Fahrer vor dem Bus mit einer Liste in der Hand und fragte jeden Passagier nach seinem Namen. Würde Said in den Bus einsteigen, würde sein restliches Leben nur noch aus Bahnhöfen bestehen. Trotzdem stieg er als einer der Ersten in den Omnibus ein, weil er lediglich einen kleinen Rucksack bei sich hatte und keinen Koffer abgeben musste. Nur vier oder sechs Personen winkten zum Abschied ihren Angehörigen und Freunden, manche hatten ein Lächeln im Mundwinkel, andere Tränen in den Augen. Als Said Bagdad verlassen hatte, hatte ihm seine Mutter den Rucksack gereicht und ihm ins Ohr geflüstert: »Komm nie wieder zurück!« Sie stand vor der Haustür. Bleiches Gesicht. Keine Tränen. Wie ein Geist blickte sie ihn an. Als er ins Taxi stieg, verschwand sie schon ins Haus. Nur sein Bruder und seine Schwester blieben draußen stehen und winkten ihm nach.

Der Bus fuhr los.

Durch das Fenster betrachtete Said die vielen Lichter der Stadt. Ihm fiel auf, dass er in seiner Zeit in Amman tatsächlich nicht viel von der Stadt gesehen und mitbekommen hatte. Er war nur damit beschäftigt gewesen, einen Schlafplatz und einen Job zu finden und Visa zu beantragen.

Der ägyptische Busfahrer fuhr die Strecke wohl häufiger und wusste sehr genau, wer seine Passagiere waren. Als sie die Autobahn erreichten, legte er eine Kassette ein: irakische Lieder über Verluste und Heimweh. Die einzige Frau im Bus, die mit Kind und Mann in den ersten Reihen saß, fing an zu weinen. Der Busfahrer legte eine neue Kassette ein: ägyptische Lieder über Liebe und Verrat. Keiner weinte.

Es war dunkel, und irgendwann konnte Said nichts mehr draußen erkennen außer ein paar Lichter da und dort. Er schlief ein und wachte wieder auf, um wieder einzuschlafen. Hatte er geträumt oder an etwas gedacht? Said Al-Wahid weiß das nicht mehr, aber er erinnert sich daran, dass er froh war, sich immer weiter vom Irak zu entfernen.

Am nächsten Morgen erreichte der Bus die Hafenstadt Akaba. Es wurde hell und sonnig. Das Rote Meer, das nicht rot war, wirkte sehr ruhig. Nach der Passkontrolle in einem großen Raum im Hafengebäude fuhren sie mit einer alten, schmutzigen Fähre weiter Richtung Ägypten. Das war das erste Mal, dass Said Al-Wahid das Meer sah. Doch er erinnert sich kaum an das Meer, sondern nur an seine Aufregung. An seine Gedanken darüber, Asien zu verlassen und hinüber nach Afrika zu gehen. Die Bedeutung dieses Schrittes beschäftigte ihn.

Als sie nach circa zwei Stunden im Hafen von Nuweiba ankamen, waren sie in Ägypten. Die Passagiere durften sofort aussteigen. »Iraker warten hier!«, befahl ein Offizier durch einen Lautsprecher. Man ließ sie alle in einem Raum Platz nehmen und machte die Tür zu. »Wieso?«, rief einer lauthals. Es kam keine Antwort. Alle saßen schweigsam beisammen. Traurige Blicke. Es war seltsam, in einer Fähre eingesperrt zu sein. Die Wände waren übersät mit Kritzeleien und Botschaften. Es schien so, als wären bereits viele Iraker vor ihnen hier gewesen. Manche hatten sogar ihre Namen und Geburtsdaten an die Wand geschrieben. Ein kleines Mädchen, vielleicht zehn Jahre alt, dessen Eltern mit viel Gepäck auf dem Boden kauerten, stand auf und zeichnete mit einem Stift ein lächelndes Gesicht an die Wand. Darunter schrieb es: »Ich bin auch da.«

Die Tür öffnete sich, und mehrere Männer in Uniform tauchten auf: »Bewegt euch!« Ihr Bus stand draußen nahe der Fähre. Zwei bewaffnete Soldaten standen am Bus. Oder waren es Polizeibeamte? »Steigt ein, aber fix!« Ein neuer Busfahrer stellte sich vor und erklärte, die Männer kümmerten sich darum, dass alle Fahrgäste den gerade betretenen ägyptischen Boden auch wirklich wieder verlassen würden. Iraker hätten kein Recht auf Visa im Land der Pyramiden. Die beiden Männer würden sie also bis an die Landesgrenze zu Libyen begleiten.

Sie fuhren weiter. Alle Passagiere waren erschöpft, und die meisten schliefen ein. Said versuchte zuerst, die Dörfer und die Felder zu betrachten, die er aus den ägyptischen Serien und Filmen kannte, aber viel bekam er nicht mit, auch er nickte ein. Irgendwann wachte er wieder auf, holte *Die Taube* aus seinem Rucksack und fing an zu lesen. Nach ein paar Seiten fühlte er sich wieder schwer und schloss die Augen erneut.

In der Abenddämmerung erreichte der Bus den Stadtrand von Kairo, wo er vor einer Gaststätte hielt. Said konnte kaum glauben, dass er nun »die Mutter der Welt« sah, wie die Ägypter selbst ihre Hauptstadt nennen.

Die Polizisten und der Busfahrer setzten sich an einen Tisch vor dem Eingang des Restaurants. Die Kellner begrüßten sie, als ob sie sich kennen würden. Sofort bekamen sie Getränke, dann einen Grillteller mit verschiedenen Fleischsorten, ohne dass sie ihn bestellt hatten.

Said saß mit einem jungen Iraker am Tisch. Sie bevorzugten Falafel, weil alles andere auf der Menükarte überteuert war. Nach dem Essen gingen die beiden in die Waschräume. Es gab zwei Kabinen dort. Nur einen kurzen Moment nachdem Said die eine betreten hatte, klopfte der Junge an seine Tür. »Bist du fertig? Komm raus! Mann, beweg dich!«

Said beeilte sich. »Was ist denn?«

»Ich haue jetzt ab. Kommst du mit? Oder willst du den

Rest deines Lebens in der libyschen Wüste verbringen? In meiner Kabine steht ein Fenster offen.«

»Wohin?«

»Kairo, Mann! Mutter der Welt! Du hast doch deinen Rucksack dabei. Ich meinen auch! Gehen wir!«

Die beiden kletterten aus dem Fenster und sprangen. In schnellem Tempo liefen sie direkt weiter zur Landstraße, schauten sich nicht um. Sie liefen auf einen Minibus zu, der gerade am Straßenrand hielt, und sprangen hinein. Der Minibus fuhr direkt ins Zentrum von Kairo.

In der Stadt zu bleiben, gelang ihnen jedoch nicht lange. Schon am nächsten Tag, als sie noch in ihren Betten in einem Hotel lagen, wurden sie von der Polizei geweckt und festgenommen. Offensichtlich hatte der Hotelbesitzer die Kopien ihrer Reisepässe, die er bei der Anmeldung gemacht hatte, an die Behörden weitergeleitet. Für einige Tage blieben sie in Gewahrsam. In Handschellen wurden sie von einem Revier zum nächsten transportiert, bis sie schließlich wieder zusammen mit vielen anderen in einem Bus saßen und Hunderte Kilometer nach Sallum an die Grenze zu Libyen gefahren wurden. Dort wurden sie freigelassen. In irgendeiner Haftzelle am Rande von Kairo hatte Said ein paar Seiten von *Die Taube* gelesen, aber als die Polizisten ihn aufforderten, schnell aufzustehen, weil er erneut in einen Bus steigen und weitertransportiert werden sollte, hatte er das Buch in der Hektik liegengelassen.

Es gibt in Said Al-Wahids Gedächtnis noch eine andere Erinnerung an jene Zeit in Kairo. Sein irakischer Begleiter spielt in dieser Version keine Rolle. Er existiert überhaupt nicht.

Said haute allein aus der Gaststätte ab. Im Kairoer Zentrum fand er einen Job in einer Bäckerei, bei Abo Mahmood. Der war ein Jahrzehnt zuvor als Gastarbeiter in Bagdad gewesen und meinte deshalb, er wäre den Irakern zu Dank verpflichtet. Said arbeitete täglich vom Morgen- bis zum Nachmittagsgebet für ihn und wohnte in einem Raum auf dem Dach eines Wohnhauses im Abdin-Viertel. Nicht nur für einen Tag, sondern über mehrere Wochen hinweg. Dann wurde er von einem Typen an die Polizei verraten, wegen eines Mädchens. Es hieß Amina oder Nadine. Es wohnte mit seiner Familie auch auf dem Dach, in einem anderen Raum. Said kann sich nicht genau erinnern, ob sie sich mal nähergekommen waren oder nicht, geflirtet hatten sie auf jeden Fall. Der Mann, der ihn verriet und dessen Namen Said längst vergessen hat, war als Spitzel der Sicherheitspolizei im Viertel bekannt. Er saß den ganzen Tag über im Café, trank Tee, rauchte Zigaretten und beobachtete die Vorbeigehenden. Er war wohl in Amina oder Nadine verknallt und wollte den Iraker aus dem Weg räumen.

Eine dieser zwei Versionen könnte wahr sein. Es gibt sogar noch eine dritte, an die Said sich allerdings nur schwach erinnern kann.

Nach sicherlich drei Jahren in Libyen und anderen afrikanischen Ländern, in denen Said Städte und Dörfer gewechselt hatte wie andere ihre Hemden und manche Polizeireviere und Schleuserlöcher von innen kennengelernt hatte, fand er *Die Taube* wieder, allerdings in Europa.

Als er in Athen ankam, waren bereits viele Flüchtlinge vor Ort: Iraker, Iraner, Pakistani und Afghanen. Um den Omonia-Platz herum lagerten sie an jeder Ecke und auf jeder Mauer. Als wäre die Gegend ein Basar. Manche von ihnen verkauften Brot mit gekochtem Ei, Taschentücher, Erdnüsse, Sesamringe, oder sie putzten die Autoscheiben an der roten Ampel. Andere saßen da und dort herum, warteten und wussten nicht, worauf. Die Schlepper waren selbstverständlich in der Nähe. Sie hatten ihre Straßenecken. Vor allem am Syntagma-Platz waren sie zu finden, ebenso im Café Kleopatra, dessen Besitzer ein Ägypter war. Auf dem Bürgersteig vor dem Gebäude der Western-Union-Filiale hielten sich drei oder vier Typen auf, die sich um das Geld kümmerten. Das waren die Finanzvermittler. Sie besorgten Bargeld für die Flüchtlinge. Sie ließen sich von bereits in Europa lebenden Angehörigen und Freunden eines Flüchtlings Geld auf ihr Konto überweisen, hoben es ab und übergaben es dem Flüchtling oder dem Schlepper für seine erbrachten Leistungen. Allerdings nicht ohne entsprechende Gebühr. In anderen Teilen der Stadt verteilten kirchliche Sozialdienste jeden Nachmittag kostenloses Essen. In einem Kloster durfte man sich sogar einmal wöchentlich duschen. Im Zentrum hingegen war es schwierig, einen freien

Tisch im Saal der Caritas zu finden. Vor dem Gebäude standen immer Hunderte von Menschen, die hungrig waren. Doch es gab eine Alternative: Ein Imbissbesitzer verkaufte an die Griechen Gyros-Pita, und an Flüchtlinge und Obdachlose verkaufte er sehr günstige vegetarische Kartoffel-Pita.

Tagsüber war die Welt in Athen gnädiger und sicherer als in der Nacht. Mit der Abenddämmerung begann die große Gala der Fremde, der Fleischmarkt. Der fand direkt gegenüber vom Parlament am Syntagma-Platz statt. Alte Männer suchten nach jungem Fleisch. Es war ein internationaler Markt, denn die Kunden waren nicht nur Griechen, sondern auch Herren aus anderen westlichen Staaten, die in Athen Sexurlaub machten. Die jüngeren unter den Flüchtlingen wurden zu Sexsklaven und machten mit, um schnell Geld zu verdienen und in Hotels übernachten zu können, statt den Banditen und Rassisten unter freiem Himmel ausgeliefert zu sein. Denn die meisten, die nicht genug Geld besaßen, schliefen unter Brücken, im Park und in Ruinen. Banditen kamen in der Nacht mit ihren Messern und Stöcken vorbei, manche waren sogar mit echten Pistolen bewaffnet. Sie kassierten Gebühren für die Übernachtung. Es waren drei Gruppen, die die Gegenden im Zentrum unter sich aufgeteilt hatten: Griechen, Araber und Kurden. Es war nicht viel, was sie von jedem verlangten; trotzdem verdienten sie eine Menge Geld, wenn sie eine Herde von Flüchtlingen und Obdachlosen an einem Platz antrafen. Oftmals gelang es Said, rechtzeitig abzuhauen, wenn er mitbekam, dass Gebühreneintreiber auftauchten. Nach und nach stellte Said aber fest, dass man diese Gangster manchmal auch brauchte, weil sie ihre »Gäste« vor den Angriffen der griechischen Neonazis schützten. »*Chrysi Avgi*«, nannte sich die Gruppierung. An Orten, wo die Banditen nicht herrschten oder nicht genügend Personal hatten, tauchten diese *Chrysi-Avgi*-Männer auf, vorzugsweise am Wochenende. Mit Schlagstöcken schlugen sie auf die Flüchtlinge ein und brüllten. Es schien ihr Hobby für den Sonnabend zu sein, ihre Form von Feldhockey.

Nur die irakischen Christen hatten Glück in Athen. Sie durften Asyl im Land beantragen. Sie bekamen Schlafplätze in Asylunterkünften. Für sie gab es drei Mahlzeiten. Dusche und WC. Die Nichtgetauften hatten keine Chance. Das sagten einem selbst die arabischen Übersetzer schon vor der Tür der Asylbehörde.

»Bist du ein Christ?«

»Nein.«

»Geh weiter! Es ist hier sinnlos.«

Obwohl Said Al-Wahid keine griechischen Papiere besaß, hatte er kaum Angst, von der Polizei festgenommen zu werden. Es gab so viele Flüchtlinge in der Stadt, dass man eine Unzahl von Haftanstalten benötigt hätte, um alle einzusperren. Trotzdem sammelte die Polizei ab und zu einige von ihnen auf den Straßen ein. Wieso? Das wusste keiner. Eines Tages, das war an einem Wochenende, erwischte die Polizei auch Said und nahm ihn mit. Er stand gerade vor dem arabischen Supermarkt am Kotzia-Platz.

Said wurde zusammen mit zwei anderen Männern in die Zelle eines Polizeireviers gesteckt, mit einem jungen Griechen und mit dem Iraker Samir. Der junge Grieche war sehr aufgeregt, stand die ganze Zeit über an der Tür und redete mit dem Polizisten. Irgendwann öffnete sich die Tür, und man nahm ihn mit. Er kam nicht wieder zurück. Der Iraker Samir hingegen besaß einen Flüchtlingsausweis, weil er Christ war. Trotzdem hatten die Polizisten ihn mitgeschleppt. Samir erzählte nicht viel von sich, er war ziemlich schweigsam. Alles, woran Said sich noch erinnert, ist, dass Samir seit einem Jahr in Athen wohnte und auf das Ergebnis seines Asylantrags wartete. Eigentlich wollte er nach Amsterdam oder Kopenhagen, weil dort seine Tante lebte, aber er war hier in Athen stecken geblieben.

Am Abend öffnete ein Polizist die Zellentür und gab ihnen ein paar Brötchen und gekochte Kartoffeln. Samir sprach ziemlich lange mit ihm auf Griechisch und Englisch. Said verstand kaum etwas. Samir erklärte hinterher, er habe den Polizisten gefragt, ob er ihm ein Buch aus seinem Rucksack geben könnte. Er würde gern etwas lesen. Nach ein paar Minuten kam der Mann tatsächlich wieder. Bevor er Samir das schmale Buch reichte, fragte er: »*The Quran?*«

»*Όχι, όχι ! I'm Christian. This is a novel. From Germany. Name is ›peristeri‹.*«

»*Okay!*«, sagte der Polizist, reichte ihm das Buch und schloss die Tür.

Said Al-Wahid konnte es kaum fassen: Es war wieder *Die Taube* von Patrick Süskind. Nachdem Samir ein paar

Seiten gelesen hatte, gab er das Buch an Said weiter und machte die Augen zu.

Said Al-Wahid lag auf seiner Matratze. Er musste in jener Nacht nicht vor den Gebühreneintreibern fliehen oder vor den Rassisten. Hier war er im Schutz der Polizei, er war in Sicherheit. Er genoss es sehr und nutzte die Zeit zum Lesen. Ab und zu trank er Wasser aus dem Hahn und kaute an einer Kartoffel oder an einem Brötchen, dann las er weiter. Es war die gemütlichste Nacht, die er bislang in Athen verbracht hatte, ohne Angst, auf einer echten Matratze, mit einer Romanfigur, die von einer Taube, die plötzlich im Hausflur vor seiner Wohnung sitzt, in Angst und Schrecken versetzt wird. Aber irgendwann schlief er ein und hatte es wieder nicht geschafft, das schmale Buch zu Ende zu lesen. Am nächsten Morgen wurden die beiden Iraker entlassen, jeder ging seiner eigenen Wege.

Nach vierjähriger Flucht erreichte Said die vorerst letzte Station, München. Jahre nach seiner Ankunft, als er an der Ludwig-Maximilians-Universität studierte, saß er mit zwei Kommilitonen und einer Kommilitonin im Universitätscafé auf der Ludwigstraße. Said machte sich über eine Nachricht lustig, die er in der Zeitung gelesen hatte: Die Landeshauptstadt München habe vor, den Taubenkot in der Stadt zu bekämpfen, der die Fassaden verunreinige und die bauliche Substanz von Denkmälern beschädige. Es solle ein effizientes elektrisches Taubenabwehrsystem auf den Dächern der historischen Bauwerke installiert werden. Der elektrische Schlag sei für die Tauben so unangenehm, dass sie die Gebäude und sogar ihre weitere Umgebung in Zukunft meiden würden. »Menschen werden in Bayern mit Paragrafen gefoltert und die Tiere mit Stromschlägen«, lästerte er. Während Said weitersprach, erinnerte er sich an die alte Geschichte von der *Taube*. Er erzählte den Freunden auch davon. Einer der Kommilitonen scherzte: »Ihr Orientalen, ihr seid alle Märchenerzähler!« Die Kommilitonin aber merkte sich diese Geschichte und überraschte Said an seinem Geburtstag mit der deutschen Ausgabe.

Und diesmal schaffte er es, das Buch zu Ende zu lesen.

Said Al-Wahid hofft, dass die ganze Geschichte mit dem Buch in Amman und in Kairo, mit Samir und der *Taube* in der Zelle in Athen und der Kommilitonin in München keiner dieser seltsamen Scherze seines verspielten Gedächtnisses ist. Er hofft, dass das alles wirklich so war.

VIII

Es sind nur noch wenige Menschen wach. Die meisten haben sich auf den Boden oder auf eine Bank gelegt. Manche befinden sich schon in tiefem Schlaf. Die Läden haben ihre Türen nach Mitternacht geschlossen, nur das Illy-Café hat noch auf, einige junge Leute hängen dort ab und plaudern oder schauen irgendetwas auf ihren Smartphones.

Said Al-Wahid hat seit gestern, als er am frühen Vormittag das Hotel in Mainz verließ, kein Auge zugetan. Erschöpft fühlt er sich erstaunlicherweise nicht. Er ist hellwach.

Er setzt sich auf eine Bank gegenüber der Flughafen-Moschee. Hinter ihm an der Wand hängt ein großes Plakat vom lächelnden Prinzen von Katar. Er denkt darüber nach, ob er jemanden aus den Golfstaaten kennt. In Berlin ist er mit einigen Arabern befreundet, sie stammen aus Ägypten, dem Libanon, aus Syrien, Palästina, Israel. Aber nicht aus den Golfstaaten. Die aus den Golfstaaten sieht er nur im Sommer, wenn sie in ihren traditionellen Kleidern in Berlin-Mitte shoppen oder spazieren gehen.

Früher, als Said in München wohnte, kannte er einen einzigen Jungen, der aus dieser Region stammte. Sinan war in Katar, in den Vereinigten Arabischen Emiraten oder in

Saudi-Arabien geboren worden. Seine Eltern stammten ursprünglich aus Algerien und lebten einige Jahre lang in den Golfstaaten als Gastarbeiter. Said verflucht noch heute den Tag, an dem er Sinan kennenlernte.

Im Studienkolleg waren die beiden in derselben Klasse. Wie alle Abiturienten, die aus Ländern kamen, deren Hochschulreife in Deutschland nicht anerkannt wurde, mussten sie den Vorbereitungskurs für das Studium absolvieren. Zwei Semester. Von acht bis vierzehn Uhr lernten sie Deutsch, Literatur, Geschichte, Latein und den Lebensstil von Sabine. Das war die Tochter von Herrn Balzer, dem Lehrer für Sozialkunde.

Er hieß mit Vornamen Rainer. Die arabischen Schüler nannten ihn »Abo Sabine«. Er war eine glatt rasierte Person mit ernsthaften Gesichtszügen. Für jedes politische Thema fand er erstaunlicherweise eine Verbindung zum Alltag seiner Tochter, selbst wenn es um das Wahlrecht ging. Dreißig Minuten lang brachte er ihnen das Gesellschaftssystem bei, und für den Rest des Unterrichts plauderte er über sein Mädchen. Sabine war die perfekte Tochter eines stolzen Vaters. Anhand der Vita seiner Tochter langweilte Abo Sabine seine Schüler mit der Geschichte der schweren Geburt der Demokratie in Deutschland. Schnell wurde unter den Erstsemestern der Ausruf »Verflucht sei Sabine!« etabliert, der das »Verdammte Scheiße!« ersetzte.

Sinan, der es in der Klasse nicht geschafft hatte, sich einer der Cliquen anzuschließen, war religiös, und zwar von der Sorte, die nicht mehr zu retten ist. Er glaubte an sein heiliges Zeug, und alles andere auf der Welt hielt er für ehrlos.

Said versuchte von Anfang an, ihn zu meiden. Wenn er sich bei seinen Eltern für irgendetwas bedanken müsste, dann dafür, dass sie ihn nie religiös erzogen haben. Trotzdem hatte Said als Kind immer das Gefühl, die Antlitze der Religiösen würden leuchten. Dieses Licht hat er jedoch, seit er Deutschland betreten hat, in keinem einzigen Gesicht gesehen. Hier wirken die Gesichtszüge der Gläubigen hart und düster. Wie die von Sinan.

Eines Tages verursachte Herr Balzer einen echten Konflikt zwischen Sinan und Said. Er gab den Schülern eine Aufgabe: Sie mussten einen Aufsatz über die deutsche Geschichte verfassen. Der Fokus sollte auf den freien Wahlen liegen. Eine Woche später bat Herr Balzer Said darum, ihn nach dem Unterricht im Lehrerzimmer aufzusuchen. Dort fragte er ihn, ob er Sinan gut kenne. Said erklärte seinem Lehrer, dass Sinan nicht zu seiner Clique gehöre.

»Aber ihr seid beide Araber?«

Said Al-Wahid wollte nicht unfreundlich wirken, er wollte Herrn Balzer nicht erklären, dass Sinan aus einem ganz anderen Land stammte und ganz andere Wurzeln hatte als er selbst. Und weshalb sollte er alle Araber gut kennen, die das Studienkolleg besuchten oder in München wohnten?

»Ist was passiert?«

Herr Balzer erzählte ihm, dass Sinan in seiner Hausaufgabe über freie Wahlen vor allem über Deutschland, Israel und Palästina geschrieben habe.

»Die Juden seien gefährlich für die Welt. Die Nationalsozialisten seien wie Hellseher gewesen!«

»Und was habe ich damit zu tun?«

»Nichts. Ich will nur wissen, ob er mit dir über radikale Ideen gesprochen hat.«

»Keine Ahnung. Er ist wirr im Kopf und sagt oft Sachen, die er vermutlich nicht so meint.«

Am selben Tag sprach Said in einer Pause mit Sinan darüber und fragte ihn, was er da geschrieben habe.

»Das ist meine Meinung. Meinungsfreiheit eben! Demokratie, oder nicht?«

»Mann, kennst du einen Juden? Natürlich nicht. Warst du in Palästina? Natürlich nicht. Warum lässt du sie nicht in Ruhe und ihre Probleme selbst lösen? Und waren die Nazis die Ehemänner deiner Tanten und haben dir als Kind ein gutes Taschengeld gegeben? Sie haben Menschen geschlachtet wie Hühner im Schlachthof. Geh und sprich mit Abo Sabine, bevor er mit dem Kriminalamt oder dem Verfassungsschutz redet. Willst du deine Aufenthaltserlaubnis verlieren?«

»Weichei«, antwortete Sinan. »Eines Tages werden wir uns von der jüdischen und christlichen Sklaverei befreien.« Er schubste Said zur Seite und stapfte fluchend von dannen.

Einige Tage später, an einem regnerischen Morgen, stieg Said auf dem Weg zum Kolleg an der Haltestelle Barbarastraße aus der Straßenbahn und wollte sich noch einen Becher Kaffee und ein Käse- oder Rosinenbrötchen kaufen. Er ging auf eine Bäckerei an einer Straßenecke zu, als ihm zwei vermummte Männer aus dem Nichts entgegensprangen und ihn auf den Boden warfen. Von einem der beiden vermutete Said, dass es Sinan war, aber er war sich nicht ganz sicher. Die beiden Männer schlugen auf ihn ein. »*Kafir* … Verräter … Zionist … Spion … Arschloch … Zuhälter …« Eine lange Liste von Schimpfwörtern musste Said sich anhören.

Als die beiden Männer endlich verschwanden, blieb Said Al-Wahid auf dem Bürgersteig liegen und schaute über sich in den bayerischen Himmel. Er wollte weinen, doch es kamen keine Tränen.

Er stand auf und ging nicht zum Kolleg, er fuhr mit der Straßenbahn nach Hause. Der restliche Tag war schrecklich. Said hatte starke Schmerzen im Rücken. Er dachte viel darüber nach, wie er zurückschlagen und was er Sinan antun könnte.

Am nächsten Tag schaffte Said es, ins Kolleg zu gehen. Sinan saß nicht im Klassenraum. Auch am folgenden Tag tauchte er nicht auf. Er kam nie wieder. Womöglich war er abgehauen, weil er Angst vor der Reaktion auf den Aufsatz und die Schlägerei hatte. Hatte ihn Herr Balzer vielleicht angezeigt? Oder führte er etwas ganz anderes im Schilde? In jener Zeit, nach dem Golfkrieg und dem Sturz des irakischen Regimes, riefen viele Dschihadisten-Führer zum Kampf gegen die amerikanische Besatzung im Irak auf. Das Land wurde schnell zu einem Schlachtfeld. Hatte es Sinan dorthin gezogen?

Nach ein paar Tagen wurde Said von Rainer Abo Sabine

wieder ins Lehrerzimmer bestellt. Der Lehrer fragte ihn, ob er eine Ahnung habe, wo Sinan sei.

Er verneinte.

»Wissen Sie, meine Tochter Sabine hat einmal ...«

»Verdammt sei Sabine!«, fluchte Said Al-Wahid lautlos.

Es ist kurz nach drei Uhr. Said steht auf, geht spazieren, hält sich im Raucherbereich auf, dampft und liest die Benachrichtigungen auf seinem Smartphone. Hakim schreibt, er werde am Bagdader Flughafen auf ihn warten. Monica: »Komm gut an!« Die nächste SMS von ihr: »Pass auf dich auf!«

Das WiFi scheint in diesem Bereich stark zu sein. Said schaut sich ein paar Schlagzeilen an. Überall gibt es Berichte über die Fußball-Weltmeisterschaft, die in ein paar Tagen in Brasilien beginnt. Von dem Machtwechsel in Ägypten wird ebenfalls berichtet: Der Militärgeneral, der gegen den religiösen Präsidenten und dessen demokratisch gewählte Regierung geputscht hat, werde bereits als Präsident Ägyptens vereidigt. Gibt es denn nichts dazwischen? Es ist doch immer dasselbe: Wenn einer vom Militär oder von der Polizei des Himmels das Sagen in einem Land hat, ist die Zukunft jenes Landes voller blauer Flecken.

Said öffnet seinen Posteingang. Eine Mail mit dem Betreff »Mainz und Wiesbaden« liegt im Postfach.

»Lieber Herr Al-Wahid, vielen Dank für den wunderbaren und unterhaltsamen Abend. Ich hoffe, Sie sind gut in Berlin angekommen. Frau Berger von der Staatsbibliothek

Wiesbaden möchte Sie einladen, bei ihr zu lesen. Darf ich Ihre Mobilnummer an sie weiterleiten? Oder Ihre E-Mail-Adresse? Herzliche Grüße! Ihre Ursula Schneider.«

Es ist schön zu lesen, dass die Teilnahme an dem Podiumsgespräch bei den Mainzern und deren Nachbarn gut ankam. Aber ausgerechnet von einer Staatsbibliothek wird er eingeladen?

Als Said an der Ludwig-Maximilians-Universität München studierte, verlangte einst ein Dozent von ihm eine schriftliche Arbeit über die theoretischen Ansätze des modernen politischen Islams. Said war irritiert: Wieso er? Weil er der einzige Araber an der Philosophischen Fakultät war? Oder war sein Dozent auf diese Idee gekommen, weil Said sich einmal in seinem Seminar »Gott in der Philosophie« über den Tod Gottes von Nietzsche lustig gemacht hatte? »Im Abendland ist Gott längst tot«, hatte Said damals gesagt, »im Morgenland hingegen lebt er noch immer und treibt sein Unwesen.« Der Dozent und die Kommilitonen hatten sich kaputtgelacht.

Es gibt zwei Bibliotheken, in denen die Studierenden Bücher ausleihen können: die Universitätsbibliothek und die Bayerische Staatsbibliothek. Zwischen den beiden Gebäuden liegt nur die Ludwigstraße. Ein Katzensprung. Said Al-Wahid fand viele englisch- und deutschsprachige Bücher in beiden Bibliotheken über das Thema. Er war verblüfft, dass in der Bayerischen Staatsbibliothek etliche Bücher auch auf Arabisch verfügbar waren. Darunter das wichtigste Buch des Vordenkers des politischen Islams: Sayyid Qutb. *Zeichen auf dem Weg* hatte der Autor vor Jahrzehnten während seiner Haftzeit in Kairo geschrieben. Said lieh alle relevanten Werke aus und nahm sie mit nach Hause.

Nach zwei oder drei Wochen suchte er in der Bayerischen Staatsbibliothek nach Sekundärliteratur zu einem anderen Thema. Zu welchem? Vielleicht suchte er etwas zu der Erzählung *Die Weise von Liebe und Tod des Cornets Christoph Rilke* von Rainer Maria Rilke. Nachdem er einige Bücher recherchiert hatte, die er für bedeutsam hielt, wollte er sie wie üblich ausleihen. Die Angestellte schaute lange auf ihren Bildschirm, dann sagte sie zu Said Al-Wahid: »Sie dürfen keine Bücher mehr ausleihen.«

»Wie bitte?«

»Sie dürfen die Bücher im Lesesaal lesen, aber Sie dürfen sie nicht ausleihen.«

»Ich verstehe das nicht. Was heißt das?«

»Hier im System steht eine Bemerkung.«

»Es handelt sich sicherlich um ein Missverständnis.«

»Wollen Sie mit dem Abteilungsleiter sprechen?«

Ein paar Minuten später saß Said tatsächlich einem freundlichen grauhaarigen Herrn in dessen Büro gegenüber. Said ist sich ziemlich sicher, dass der Name des Mannes mit K begann. Auch Herr K. schaute lange auf seinen Bildschirm.

»Haben Sie Bücher ausgeliehen, die von Terroristen verfasst wurden?«

Said verstand sofort, dass die Hausarbeit über den politischen Islam der Ausgangspunkt des Problems war, genauer: das berühmte Buch von Sayyid Qutb.

»Mein Dozent hat mir das Thema für die Hausarbeit zugeteilt, nur deshalb habe ich die Bücher überhaupt ausgeliehen.«

»Sie dürfen hier keine Bücher mehr ausleihen. Wir haben keinen Einfluss darauf.«

»Wer ist dafür verantwortlich?«

»Das Bayerische Landesamt für Verfassungsschutz.«

Said Al-Wahid verstummte.

»Wenn Sie etwas lesen wollen, dürfen Sie es natürlich im Lesesaal tun. Ein Buch aus der Staatsbibliothek auszuleihen, ist Ihnen jedoch nicht mehr gestattet.«

»Aber ergibt das denn Sinn? Wenn ich Terrorist werden sollte, wäre es doch egal, wo ich die Bücher lese.«

Herr K. schwieg.

»Gilt das auch für die Unibibliothek?«

»Das weiß ich nicht.«

Said verließ das historische Bibliotheksgebäude, überquerte die Ludwigstraße und betrat die Universitätsbibliothek. Er bestellte irgendein Buch. Zu seiner Überraschung durfte er es ausleihen. Als er wieder auf dem Geschwister-Scholl-Platz stand, musste er grinsen. Dort, auf der anderen Seite, wurde er verdächtigt – auf dieser Seite aber nicht.

Fortan bat er seine Kommilitonen darum, Bücher aus der Bayerischen Staatsbibliothek für ihn auszuleihen, wenn er welche benötigte, die nur dort verfügbar waren. Er selbst wollte sie nie wieder betreten.

IX

Das Bodenpersonal des Flughafens steht schon seit ein paar Minuten am Gate-Schalter. Auf den Monitoren leuchtet die Mitteilung: »Qatar Airways – Bagdad: Boarding in 30 Minuten«. Said Al-Wahid schaut auf seine Bordkarte. Alles stimmt: die Uhrzeit, sechs Uhr zwanzig, die Fluggesellschaft, das Gate. Aber warum steht er alleine hier? Wo sind die anderen Fluggäste? Kein Flugzeug hebt mit nur einem einzigen Passagier ab.

Oder irrt er sich?

Said geht auf eine Toilette und wäscht sein Gesicht, dann geht er in eine Kabine und setzt sich auf den Klodeckel. Er überlegt, eine SMS an Hakim zu schreiben, ihn zu fragen, wie es ihrer Mutter gehe. Er tippt: »Guten Morgen. Warst du im Krankenhaus? Wie läuft es?« Er betrachtet seine zwei Fragen. Er bekommt Angst vor Hakims Antwort, Angst davor, dass der Tod und seine Mutter es eilig hatten. Said löscht die SMS und schaltet sein Handy aus.

Er hört nun die Durchsage, dass das Boarding seines Fluges begonnen habe.

Ein Flughafenmitarbeiter begrüßt Said mit einem Lächeln, scannt seine Bordkarte und lässt ihn durch.

Offensichtlich ist er der einzige Passagier in der Economyclass. Alle Sitze stehen ihm zur Verfügung. Nur in der

Businessclass sitzen bereits zwei Herren, die er zuvor am Gate nicht gesehen hat. Vielleicht sind es Diplomaten.

Der Pilot kündigt eine Flugzeit von zwei Stunden an und wünscht den drei Passagieren eine angenehme Reise.

Die Maschine setzt sich in Bewegung.

Der Steward serviert Said das Frühstück und eine Tasse Kaffee. Er erzählt, dass die Maschinen seit einigen Jahren fast immer leer nach Bagdad flögen und voll besetzt zurückkehrten.

Said beißt in ein Käsesandwich, den Kaffee lässt er stehen. Er schaut aus dem Fenster und schläft ein.

Nabila sitzt auf dem Sofa. Ihre Kinder Nesrin und Hassan kauern auf dem Boden. Ihr Mann Ahmed steht auf der Türschwelle. Nabila hat sich nicht verändert. Die langen Haare. Die riesigen Augen. Das traurige Lächeln auf ihren Lippen. Said weiß nicht, wo genau im Raum er sich befindet. Seine Eltern kommen ins Zimmer und stellen sich direkt vor Nabila. Sie sehen jung aus. Sie schauen ihn an, wie die anderen, schweigend. In der Wand erscheint ein Tunnel, weißer Rauch. Sein Vater geht hinein, alle folgen ihm. Der Tunnel verschwindet. Der Raum ist leer. Said ist noch da.

Said wacht wieder auf. Leere Sitzplätze um ihn herum. Hatte er von Nabila geträumt? Er kann noch immer nicht begreifen, dass sie schon längst in den Händen des Todes liegt. Sie war eine wahre Kämpferin und hatte so vieles im Leben erreicht.

In der Zeit, als die Bärin den Soldaten Heimat noch nicht vergewaltigt und gefressen hatte, bestand Nabila die Prüfung der mittleren Reife nicht. Sie wollte sie auch nicht wiederholen und entschied sich, eine Ausbildung zur Kosmetikerin zu absolvieren. Sie arbeitete daraufhin in einem Kosmetiksalon. Ihre Mutter war dagegen und versuchte alles, aber sie konnte ihre Tochter nicht dazu überreden, ihre Meinung zu ändern.

In einem Salon zu arbeiten, machte Frauen unbeliebt. Man behauptete, solch ein Laden sei entweder ein Ort für leichte Mädchen oder für Maulwürfe. Hinter jedem Kosmetiksalon stecke entweder ein Bordell oder eine Vernehmungsbehörde. Eine Kosmetikerin plaudere mit einer Kundin über deren Ehemann und gebe dann die wichtigsten Informationen an die Polizei oder ihren Zuhälter weiter.

Nabila zog ihren Plan durch. Es gelang ihr sogar, einen eigenen Salon zu gründen und zu führen. Sie hatte Mitarbeiterinnen, die fortan den Job für sie erledigten. Das geschah natürlich nicht über Nacht, es war ein langer Kampf. Ob sie mit Polizisten oder Zuhältern zusammengearbeitet hat, das weiß Said nicht. Hätte sie allerdings diese Kontakte gehabt, hätte sie seine finanzielle Hilfe sicherlich nicht nötig gehabt. Als sie ihren eigenen Laden gründen wollte, schickte Said ihr dafür Geld.

Nabila erreichte alles, was sie wollte. Sie wurde Kosmetikerin, sie fand einen netten Mann, den Taxifahrer Ahmed, den sie liebte, und sie bekam mit ihm zwei gesunde Kinder. Sie überlebte die Diktatur und das Durcheinander, das die amerikanischen Soldaten verursachten. Auch nachdem die Islamisten einmal ihren Laden angezündet hatten, weil sie Kosmetik für das Werk des Teufels hielten, gab sie nicht auf. Sie renovierte einfach und machte den Laden wieder auf. Die nächste hässliche Wendung der Geschichte überlebte sie jedoch nicht: den Bürgerkrieg.

Der Irak wurde damals bärtig und verschleiert. Es ist erstaunlich, wie die Zeiten sich ändern. Als Said ein Kind war, gingen lebensfrohe Kerle wie sein Vater in Schlaghosen gekleidet mit geschwellter Brust und langen Haaren neben selbstgefälligen Mädels in Miniröcken auf den Straßen spazieren. Dann kam der Diktator an die Macht. Plötzlich gab es Soldatenuniformen und brüllende Typen. Sie befolgten die Befehle ihrer Generäle: »Ja, Herr!« und »Es lebe der Führer!«. Said erinnert sich an den alten Herrn, der eines Tages im staatlichen Fernsehen vom Präsidenten persönlich mit dem goldenen Ehrenzeichen der Republik ausgezeichnet wurde. Er hatte seinen eigenen Sohn in der Zeit des Irak-Iran-Kriegs ermordet, weil dieser den Wehrdienst verweigert hatte. Er wurde dafür belohnt. Es war das Ende der Söhne und der Anfang der mörderischen Väter. Nach der Diktatur kam die Generation des Durcheinanders. Und anschließend: bewaffnete Milizen und religiöse Fanatiker. Jeder im Land sollte nun entweder Krieger oder Märtyrer werden. Im Paradies würden nackte Jungfrauen in Palästen auf die Jungs warten. Mittendrin gebe es zwei Flüsse aus Milch und Wein. In dem Fluss aus Milch würden sie mit ihren Mädels baden und aus dem Wein-Fluss trinken. Sie würden den jungen Frauen ihre Unschuld rauben. Nachher würden diese auf Gottes Befehl hin wieder jungfräulich werden. Die Mädchen würden schreien und immer wieder bluten und die Jungen ihre Männlichkeit im Paradies der Männer genießen. Auf Erden hingegen war die Hölle los. Autos wurden in die Luft gejagt, Menschen wurden enthauptet, gekreuzigt und verbrannt.

An einem Sommertag traten diese Jungs des Paradieses ins Leben von Saids Familie. Nabila sollte von ihrem Mann, der kleinen Tochter Nesrin und dem Sohn Hassan von der Arbeit abgeholt werden. Ahmed parkte vor dem Laden und wartete auf seine Frau. Plötzlich zitterte die Erde. Ein Bombenanschlag mitten auf der großen Einkaufsstraße

Zusammen mit vielen anderen wurden an diesem Tag Said Al-Wahids Schwester und ihre Familie zerfetzt. Mehr konnte Hakim am Telefon nicht erzählen. Man fand nur Teile ihrer Körper.

Wie sinnlos alles im Nachhinein erschien. Nabilas Kämpfe und ihre Träume.

In die Hinterbliebenen, in viele Familien brannte man zu jener Zeit Wunden ein, die nie wieder heilen würden.

Said konnte damals nicht in den Irak reisen. Das Land war ein Schlachtfeld der Milizen. Hakim sagte am Telefon: »Bleib, wo du bist. Ich habe keine Kraft, mich hier auch noch um dich zu kümmern. Außerdem gibt es zurzeit keine Flüge.«

Während eines späteren Telefonats erzählte Hakim, dass die Polizei einen der Täter erwischt habe. Es war ein vierzehnjähriger Junge. Ein Kind, das von Flüssen aus Milch und Wein im Paradies träumte und dafür auf Erden ein Blutbad anrichtete.

Die Monate nach dem Anschlag waren die grauenvollste Zeit in Saids Leben. Er litt unter Depressionen und musste lange Tabletten schlucken.

Diese Phase seines Lebens versucht er zu verdrängen. Sie gehört zu den Minenfeldern im Gedächtnis, die er nicht gern betreten möchte.

Said konnte sich nie von Nabila und ihrer Familie verabschieden, genauso wenig wie damals von seinem Vater. Er hatte bis zu dem jetzigen Besuch nicht die Möglichkeit, an ihrem Grab zu stehen.

Der Pilot verkündet, dass sie sich im Luftraum über dem Reiseziel befänden. Said kann kaum etwas erkennen, sie fliegen noch zu hoch. Bald sieht er die gelbe Erde, ein paar Gebäude sind zu erkennen, alles ist so klein, es sieht aus wie verstreute Lego-Teile. Der Flugplatz wirkt leer. Kaum Flugzeuge am Boden. Nur ein paar Mitarbeiter mit Transportfahrzeugen.

Nach der Landung tauchen mehrere Wagen aus dem Nichts auf. Männer in Zivil und mehrere in Uniform stellen sich vor dem Flugzeug auf. Drei betreten die Maschine, begrüßen die zwei Männer aus der Businessclass und begleiten sie nach draußen. Sie steigen direkt in die Autos ein und fahren weg.

Jetzt ist Said Al-Wahid dran. Er geht die Treppe hinunter. Die Sonne brennt, obwohl es kurz nach acht Uhr morgens ist. Sicher über dreißig Grad. Windstill. Die Luft ist schwer und staubig wie ausgetrocknete Erde. Said geht weiter und betritt den kleinen, menschenleeren Flughafen mit dem Gefühl, in ein Geisterhaus einzutreten.

Er steht am Schalter und reicht dem jungen Grenzpolizisten seinen Reisepass.

»Sind Sie Iraker?«

»Ich bin in Bagdad geboren.«

»Haben Sie irakische Dokumente?«

»Nein. Ich habe nur deutsche.«

»Dann gelten Sie als Ausländer, Sie brauchen ein Visum.«

Der Polizist verlangt nun Geld für das Visum, es ist zwei Wochen lang gültig.

Er fragt Said, wo in der Stadt er wohnen werde und wann er vorhabe, das Land wieder zu verlassen, dann fotografiert er ihn mit einer Kamera.

»Wäre ich an Ihrer Stelle, würde ich niemals zurückkehren!«, sagt der Polizist mit einem Lächeln. »Wieso sind Sie hier?«

»Meine Mutter liegt im Sterben.«

»Das tut mir leid.«

Der Mann studiert nun konzentriert das Gesicht von Said, tippt irgendetwas in den Computer, schaut kurz auf den Bildschirm, dann drückt er den Stempel in den Reisepass.

»Guten Aufenthalt! Und passen Sie gut auf!«

Endlich kann Said Al-Wahid den Flughafen verlassen.

Er geht direkt zu den Minibussen, die die Reisenden abholen und zwei, drei Kilometer weit bis zum Abbas-ibn-Firnas-Platz fahren, wo sich der Parkplatz und der Taxistand befinden. Unterwegs sieht man nur die nackte Erde, ein paar niedrige Gebäude und Soldaten.

In Saids Innerem bewegt sich nichts. Passiv, fast wie ein Gegenstand, der dazugehört und wiederum nicht. Wieso spürt er weder Freude noch Trauer, noch nicht einmal irgendetwas dazwischen? Er befindet sich schließlich in Bagdad, in der Stadt seiner Kindheit und Jugend, seine Mutter hat nicht mehr lange zu leben, er wird gleich seinen Bruder sehen. Trotzdem: Es ist ein großes Nichts, das sich in ihn hineinbohrt.

Der Abbas-ibn-Firnas-Platz ist wie ein riesiger Gebrauchtwagenmarkt. Fahrzeuge und Taxis stehen überall. Vor der Schranke warten Leute auf ihre Angehörigen, außerdem Taxifahrer, die nach Kunden suchen. Als Said Al-Wahid aus dem Minibus steigt, erkennt er seinen Bruder Hakim unter den Wartenden.

Die beiden umarmen sich lange und küssen sich auf die Wangen. Hakims Augen sind voller Tränen. Said kann seine Überraschung nicht verbergen, sein jüngerer Bruder hat sich verändert, er sieht gealtert aus. Einige Taxifahrer bedrängen sie und bieten ihre Dienste an. Hakim sagt zu jedem von ihnen immer wieder denselben Satz: »Danke! Mein Wagen steht hier auf dem Parkplatz.«

Sie steigen in Hakims Auto ein, aber Hakim fährt nicht

los, er startet nicht den Motor. Er schaut seinen Bruder an und erzählt ihm, dass ihre Mutter vor ein paar Stunden gestorben sei.

X

Bagdad wirkt nicht so extrem chaotisch wie beim letzten Mal, als Said zu Besuch war; ungefähr neun Jahre ist das her. Es sind nicht mehr so viele Soldaten, Polizeikontrollen und Barrikaden auf den Straßen zu sehen. Das Leben tobt: eilig hastende Passanten, Geschäfte, Werbung an den Wänden. Hakim behauptet, seit den letzten Wahlen gebe es kaum Bombenanschläge und Straßenkämpfe.

»Nur ab und zu.«

»Das heißt, es läuft.«

»Ja, einigermaßen!«

Said begreift noch nicht, was der Tod seiner Mutter für Hakim und ihn bedeutet. Er hatte eigentlich vor, seiner Mutter zu sagen, er selbst sei zwar Vater geworden, aber er sei noch immer ihr kleiner Junge. Er wollte sie auch fragen, ob sie etwas mit ihm spielen möchte, wie jede Mutter mit ihrem Kind spielt. Es ist zu spät.

Said wundert sich über die Anwesenheit der Müllmänner auf der Straße. Durch das Autofenster sieht er zwei Männer, die den Bürgersteig fegen. Das hat er nicht erwartet. Letztes Mal hat er niemanden gesehen, der irgendetwas in der Stadt sauber machte. Alles lag herum: Restmüll, Plastik, Papier, Tierleichen.

Bei seinem letzten Besuch trug er eine leere Wasserflasche ewig durch das Zentrum und wusste nicht, wohin damit. Es gab nirgends einen Abfalleimer. Schließlich warf er sie auf einen der vielen Müllhaufen, die überall in der Stadt verteilt waren. Als Said abends seine Mutter nach dem Verschwinden der Mülltonnen fragte, erzählte sie, dass die Dschihadisten ihre Bomben meist darin versteckten. Nach zahlreichen Explosionen hatten die Bagdader aufgehört, die Abfalltonnen als solche zu verwenden. Sie warfen den Müll nun hinters Haus und zündeten ihn nicht mal an. »Niemand weiß, was sich nun unter diesen Restmüllhaufen versteckt; vielleicht sind da auch Bomben.«

Hakim fährt langsam durch eine Nebenstraße und parkt. »Die Leichenhalle des Krankenhauses«, sagt er. Sie steigen aus und gehen ein paar Schritte. Vor dem Gebäude stehen viele Autos, es sind kaum Menschen zu sehen. Hakim redet mit dem alten Mann, der vor der Tür steht und eine Zigarette raucht. Said sieht, wie sein Bruder diesem Mann Geldscheine in die Hand drückt. Der Mann geht in das Gebäude und kommt nach ein paar Minuten wieder zurück, hält die Tür auf und nickt Said zu.

Auch Hakim nickt ihm zu. »Ich warte hier auf dich.«

Said geht in die Leichenhalle. Ein Bett mit Rollen steht ganz vorne. Viele Decken liegen darauf, darunter soll seine Mutter sein. Er nähert sich ihr, zieht die Decken ein Stück herunter und sieht sich das Gesicht seiner Mutter an. Sie sieht sehr bleich aus, friedlich schlafend, mit geschlossenen

Augen. Sie trägt keinen Schleier, sie hat dünne graue Haare auf dem Kopf. Said Al-Wahid küsst seine Mutter schnell auf die Wange, ihre Haut fühlt sich nicht weich an, sondern wie hartes Silikon. Ihr Mund hängt nach unten, sie hat zwei tiefe Mundwinkelfalten. Auch im Tod fürchtet Mutter das Lächeln, denkt Said. Er zieht die Decken wieder über ihr Gesicht.

Sie fahren weiter.

Noch immer laufen keine Tränen über Saids Wangen.

Said denkt an nichts. Die Leere in ihm ist mächtig.

»Es gibt viele Geschäfte, die geöffnet sind«, sagt er irgendwann, um das Schweigen zu brechen.

»Es ist besser geworden.«

»Und die Milizen?«

»Sie haben die Ministerien unter sich aufgeteilt. Jeder besitzt ein Stück vom Kuchen. Deswegen ist aktuell alles ruhig. Nur an der Grenze zu Syrien gibt es eine Miliz, man nennt sie ›Daesh‹. Zurzeit stellt sie sich gegen alle anderen. Sie herrscht über einen großen Teil des Grenzgebiets. Ihr Anführer möchte ein islamisches Kalifat ausrufen. Ich habe gehört, dass sie ihre Gegner hart bestrafen, sie lassen richtig die Köpfe rollen. Zuletzt haben sie zwei inländische Journalisten erwischt, die für einen ausländischen TV-Sender arbeiten. Der Mund des einen wurde zugenäht und die Zunge des anderen abgeschnitten.«

»Kreative Grausamkeit«, versucht Said zu scherzen.

Sie fahren in langsamem Tempo ins Viertel Asch-Scha'b, es herrscht viel Verkehr auf der Hauptstraße. Said erinnert sich kaum an die Orte seiner Kindheit und Jugend. Es ist seltsam. Viele Jahre lang hatte er hier mit der Familie nach der Hinrichtung seines Vaters gewohnt, aber die Erinnerungen sind unscharf. Saids Blick richtet sich auf den großen Basar des Viertels, der sich links von ihnen erstreckt. Er versucht, sich an den Namen zu erinnern. Vergeblich. Irgendwo an einer Ecke stand er früher mit seinen Kameraden und pfiff Mädels hinterher. Nun sieht alles ganz anders aus. Said erinnert sich daran, wie er auch bei seinem letzten Besuch hier war, weil er seiner Mutter eine Freude machen wollte. Sie war krank, und er dachte daran, Blumen für sie zu kaufen. Eine Stunde lang suchte er nach einem Blumenladen auf diesem Basar und fand keinen, nur ein Geschäft mit Plastikblumen. Würden die Menschen im Land Rosen und andere Blumen für ihre Toten kaufen, wäre ein Blumenladen eine Geschäftsidee, mit der man schnell zum Millionär werden würde, denn Tote gibt es im Irak immer reichlich.

»Schau, wie riesig der Basar Shalal geworden ist!«, sagt Hakim. »Weißt du noch, wie du hier früher nach der Schule bei Abo Jassin als Obst- und Gemüseverkäufer gearbeitet hast?«

»Ja«, sagt Said, obwohl er sich daran nicht erinnern kann. Doch er will im Moment nicht über seine Vergesslichkeit sprechen.

»Abo Jassin fragt immer nach dir, wenn er mich sieht.«

»Echt?«

»Ja. Der arme Mann hat seinen ältesten Sohn Jassin im Bürgerkrieg verloren. Ihr wart so gute Freunde.«

»Ja«, sagt Said Al-Wahid.

»In einem Krieg wurde Jassin verrückt und im nächsten zum Märtyrer. Keiner weiß, was er erlebt hatte. Er war für kurze Zeit Kriegsgefangener bei den Amerikanern. Dann wurde er entlassen. Er kehrte aber nicht mehr als derselbe zurück. Er hatte Wachs im Gehirn, glaubte Dämonen und Geister zu sehen. Im Viertel behauptet man, in der Gefangenschaft habe ein US-Wärter eine Kerze angezündet und das Wachs in Jassins Ohr fließen lassen. Im Bürgerkrieg hat ihn wiederum eine der Milizen in eine Waffe verwandelt. Mit Sprengstoff wurde er eingeweiht und eingewickelt. Man schickte ihn zu den Dämonen auf die andere Seite. Das haben manche Milizen mit psychisch kranken Menschen getan und sie daraufhin als Märtyrer bejubelt. Ach, mein Lieber, du ahnst nicht, was wir hier im Namen Gottes, im Namen von US-Demokratie und im Namen von Vaterlandsliebe alles erlebt und gesehen haben! Es waren schreckliche Jahre, sind es immer noch.«

Said schweigt.

Hakim steuert das Auto vor das Haustor und hupt. Sein ältestes Kind, Saber, kommt heraus und öffnet das Tor. Langsam fahren sie auf den Hof, Hakim parkt das Auto vor der Küchentür.

Said steigt aus, alle begrüßen ihn. Er betrachtet die vier

Kinder, seine Neffen und seine Nichte. Er sucht in den Gesichtern der ältesten, Salma und Saber, das Kindliche, das er vor Jahren zurückließ, aber er findet es nicht. Sie sind Teenager geworden. Die Zwillinge Ali und Karim sieht er zum ersten Mal, sie sind vier Jahre alt. Hakims Frau Miriam kommt auf Said zugerannt. Sie hat schwarze Trauerkleider an. Letztes Mal war es seine Mutter, die zu ihm eilte.

Das Haus der Familie sieht nicht mehr aus wie eine kleine Ruine. Hakim hat die drei Zimmer, die Küche, das Bad und den Hof seit Saids letztem Besuch renoviert und umgebaut. Es gibt nun sogar eine Klimaanlage und einen dröhnenden Generator im Hof, der Strom für das Haus erzeugt, wenn das staatliche Licht mal wieder ausgeschaltet wird.

Im Wohnzimmer betrachtet die ganze Familie den neuen Gast. »Euer Onkel Said aus Berlin«, sagt Miriam zu den Zwillingen. Die beiden verstecken sich hinter Miriams schwarzem Gewand.

»Möchtest du einen Tee?«, fragt sie.

»Eine Tasse Kaffee wäre super.«

»Kommt sofort.«

Offensichtlich gibt es in der Küche aber keine Kaffeebohnen. Miriam redet kurz mit Hakim, der im Hof steht und mit jemandem telefoniert, um, wie er vorher verkündet hat, einiges für die Beerdigung zu organisieren. »Ich bin gleich wieder da«, ruft Miriam einen Augenblick später ins Wohnzimmer. »Ich gehe kurz einkaufen und mit den Nachbarn reden.«

»Ja, Mama«, sagt Salma, die einzige Tochter.

Der kleine Neffe Ali eilt in den Hof und will mit seiner Mutter mitgehen. Saids Blick fällt durch ein Fenster auf die Mauer des Grundstücks. In seiner Kindheit war sie einen oder anderthalb Meter hoch, das Haustor hatte nur ein einziges Schloss. Seine Schwester plauderte oft mit ihrer Freundin aus dem Nachbarhaus. Man sah dann nur ihre Köpfe über der Mauer. Diese ist jetzt bestimmt drei Meter hoch, Stacheldraht und Glasscherben liegen obendrauf. Das Tor ist mit mindestens vier verschiedenen Schlössern ausgestattet. Die Kinder, sie sind alle groß geworden, stellt Said fest, aber die Mauer ist größer als sie.

XI

Miriams Eltern und ihre jüngere Schwester sind eingetroffen. Das Haus ist belebt wie ein Laden auf einer beliebten Einkaufsstraße, ständig gehen Menschen hinein und hinaus. Aus dem CD-Player im Wohnzimmer liest der Meister der Koran-Rezitation Al-Minshawi aus dem heiligen Buch vor. Ununterbrochen wird an das Tor geklopft. Es gibt viele Beileidsbekundungen aus der Nachbarschaft. Hakim telefoniert immer wieder. Männer kommen ins Haus und machen es sich auf dem Sofa im Wohnzimmer gemütlich. Frauen folgen Miriam, ihrer Mutter und Schwester in die Küche. Miriams Vater begrüßt die Gäste und kümmert sich darum, dass sie Tee und Wasser bekommen. Manche umarmen Said Al-Wahid, einige weinen währenddessen. Sie scheinen ihn von früher zu kennen. Diese Menschen kommen und gehen wie Dschinn, sie können ihn sehen, aber er sie nicht.

Hakim gibt allen Bescheid, dass zwischen vierzehn und fünfzehn Uhr ein Bus vor dem Haus stehen werde. Alle aus der Nachbarschaft, die bei der Beerdigung dabei sein wollen, sollen sich vorbereiten.

Said geht ins Bad, nicht nur, um sich zu waschen, sondern auch, um für einige Minuten allein zu sein. Er betrachtet sein Gesicht im Spiegel, besonders seine Augenringe. Er ist seit gestern wach, seit fast dreißig Stunden, nur im Flugzeug hatte er die Augen schließen können. Er denkt, ihm reichen die zwei Minuten, die er heute in der Leichenhalle mit seiner Mutter verbringen konnte. Er fürchtet sich vor dem, was sich in ihm abspielen könnte, wenn er auch die Gräber seiner Schwester und ihrer Familie sehen würde. Diese Vorstellung macht ihm richtig Angst.

Es genügt ihm, überhaupt jemanden von der Familie vor dessen Beerdigung wiedergesehen zu haben. Um die Beisetzung der Mutter sollen sich die anderen kümmern, sie kennen sich hier gut aus. Und sie sind auch daran gewöhnt. In Bagdad werden Leichen in Massen hergestellt, wie Fladen in einer Bäckerei. Es gehört zu den alltäglichen Dingen, sich auf den Friedhof zu begeben. Man verabschiedet sich von den Toten, es ist ähnlich, wie am Samstag auf eine Party in Berlin zu gehen.

Said Al-Wahid schaut sich schweigend im Spiegel an.

Während Miriam, ihre Eltern und Hakim sich zusammen mit einigen Nachbarn darauf vorbereiten, zum Friedhof zu fahren, verkündet Said, dass er gern mit den Kindern zu Hause bleiben würde.

»Aber …«, beginnt sein Bruder und überlegt kurz. »Wie du möchtest.«

Die Einzigen, die sich darüber freuen, dass er nicht mit

zur Beerdigung geht, sind seine Neffen, seine Nichte und deren zwanzigjährige Tante Halima, die zu Hause bleiben soll, um sich um die Zwillinge zu kümmern.

Sie wollen alles über das Ausland, über Deutschland wissen. Obwohl Said sehr erschöpft ist, setzt er sich auf die Couch in der Küche und antwortet auf jede Frage. Er versucht, das Erzählte spannend darzustellen.

Said hat nicht den Eindruck, dass die Kinder wegen des Todes ihrer Oma traurig sind. Salma erklärt, dass Oma endlich ihre Ruhe habe. »Sie war nur noch krank und hat viel gelitten.«

Stundenlang spielt Said mit den Zwillingen und plaudert mit Salma, Saber und Halima. Eine angenehme Zeit ist es, die ihm guttut.

Am späten Abend kehren Hakim und Miriam zurück, Miriams Eltern wollen gleich weiter nach Hause fahren. Auch Halima verabschiedet sich, und so sind Said und die Familie seines Bruders wieder allein.

Hakim verlässt das Haus und kehrt nach ein paar Minuten mit einer Tüte zurück. »Jetzt essen wir.« Er breitet einige Zeitungsseiten auf dem Boden im Wohnzimmer aus, legt das Essen darauf ab und sagt: »Wie in alten Zeiten.« Es gibt Kebab-Spieße, Fladenbrot und eine große Flasche Ayran. Die Kinder lächeln und finden es aufregend, auf dem Boden zu kauern und zu essen statt am Esstisch.

Nach dem Abendessen trinken sie schwarzen Tee, und Hakim erzählt von dem Chaos auf dem Friedhof und davon, wie froh er sei, dass die Beerdigung »schnell und ganz normal« verlaufen sei.

Said schaut seinen Bruder an und ist in Gedanken. Er kommt ihm vor wie ein alter, weiser Mann aus einem Fantasyfilm. Ein ruhiger Mensch, der in kurzen Sätzen redet, als hätte er den langen Hals einer Giraffe. Bevor die Wörter ausgesprochen werden, filtert er sie und lässt nur die richtigen raus. Er ist Grundschullehrer, genau wie seine Frau Miriam. Seit Kurzem ist er nun sogar Schuldirektor. Ja, Said Al-Wahid ist stolz auf seinen kleinen Bruder.

Von Miriam bekommt Said viele Komplimente. Die Zeit sei bei ihm wohl stehen geblieben, nichts habe sich geändert an ihm, außer dass er ein paar graue Haare bekommen habe. »Du bist schlank wie die Zwanzigjährigen hier. Und keine einzige Falte im Gesicht!«

Said hat den Eindruck, dass Miriam alles, was ihr Mann nicht verkörpert, bei ihm sucht. Hakim, der Jüngere von beiden, hat einen riesigen Bauch, eine glänzende Glatze, und sein Bart ist vollständig grau.

»Wie machst du das?«, fragt Miriam.

Said lächelt, weil er keine Antwort darauf hat.

»Der Mensch wird in der Fremde sorg- und kopflos und vergisst alles schnell«, sagt er. »Vermutlich ist das Vergessen das beste Heilmittel gegen Falten und Haarausfall.«

Miriam lächelt ebenfalls.

»Sag mal, Miriam, darf ich heute auf dem Dach übernachten? Einfach draußen schlafen – wie früher?«

Miriam schaut ihn entgeistert an. »Hakim! Hörst du, was dein Bruder will?«

Hakim scheint nichts von dem vorherigen Gespräch mitbekommen zu haben, weil er nur mit seinem Smartphone beschäftigt war.

»Was ist los?«

»Said will auf dem Dach schlafen!«

»Bist du bescheuert?«

»Wieso denn?«

»Du vergisst wirklich schnell. Geh endlich mal zum Arzt! Du hast ja riesige Löcher in deinem Gedächtnis. Wir schlafen seit einer Ewigkeit nicht mehr auf dem Dach.«

»Wieso? Das ist die schönste Erinnerung, die ich habe: auf dem Dach zu liegen, die Sterne zu zählen und einzuschlafen. Und am nächsten Morgen von der Sonne geküsst und geweckt zu werden.«

»Ach Mann, was soll dieser romantische Käse? Bist du ein europäischer Orientalist geworden? Es gibt viele Banditen, außerdem wird in der Nacht geschossen, es gibt immer irgendwelche Kämpfe auf der Straße zwischen den Milizen, Banden und Sicherheitskräften.«

»Okay.«

»Wir schließen alle Türen, auch die zum Dach. Du schläfst im Kinderzimmer.«

»Okay.«

»Sag mal, wie lange bleibst du?«

»Ich denke, übermorgen fliege ich zurück.«

»Je früher, desto besser. Die neuen Gerüchte machen

mir richtig Angst. Ich kann erst wieder aufatmen, wenn du zurück in Europa bist.«

»Was ist passiert?«

»Die Miliz Daesh hat die Armee besiegt und vermutlich die Stadt Mossul erobert. Auf YouTube habe ich Videos gesehen, wie sie die Soldaten mit Schwertern enthaupten. In der irakischen Presse gibt es immer noch kein Wort darüber.«

»Nimmt denn dieses Chaos kein Ende?«

»Versuch bitte abzuhauen, bevor der Flughafen geschlossen wird. Ich denke, das wird nicht mehr lange dauern.«

»Das werde ich.«

»Morgen findet der Trauertag bei uns statt. Bestimmt werden viele Verwandte, Freunde und Nachbarn vorbeikommen.«

»Soll ich etwas Bestimmtes machen?«

»Du sollst im Wohnzimmer bei den Männern bleiben. Hände schütteln. Tee, Wasser und Zigaretten servieren. Ab und zu eine neue Koran-CD in den Player einlegen. Um den Rest kümmere ich mich.«

»Okay. Abgemacht.«

Als alle ins Bett gehen, bleibt Said allein im Wohnzimmer sitzen. Er betrachtet das Familienfoto an der Wand, auf dem sie – vor langer Zeit – im alten Haus zusammenstehen. Seit Said angekommen ist, hat er es vermieden, dieses Foto anzuschauen. Er hasst Fotos, hat noch nie welche gesammelt.

Fotos aufzubewahren, ist, wie Wunden zu sammeln. Daran glaubt er. Doch jetzt steht er dem Familienfoto gegenüber: Der Vater hält Saids Hand, die Mutter trägt Baby Hakim, Nabila steht lächelnd zwischen ihnen.

Endlich laufen Tränen über die Wangen von Said Al-Wahid.

XII

»Papa?«

»Ja?«

»Papa, weißt du, was nächste Woche ist?«

»Was denn?«

»Mein Geburtstag, Papa.«

»Ach so. Das weiß ich natürlich.«

»Du hast mir versprochen, wenn ich sieben Jahre alt werde, fliegen wir nach Bagdad.«

»Habe ich das?«

»Ja. Papa?«

»Ja?«

»Und? Fliegen wir bald nach Bagdad?«